顾问
张　炜
贾平凹
李佩甫

新时期小说佳作腾芳飞誉

短篇小说系列

（一九七七年至二〇一二年）第二卷　中

中国乡土小说

主编　郑电波

名作大系

二卷　中

中原出版传媒集团
中原农民出版社

图书在版编目(CIP)数据

中国乡土小说名作大系.第二卷.中/郑电波主编.—郑州：
中原出版传媒集团,中原农民出版社,2014.6
ISBN 978-7-5542-0603-4

Ⅰ.①中… Ⅱ.①郑… Ⅲ.①短篇小说-小说集-中国-当代-
Ⅳ.①I247.7

中国版本图书馆 CIP 数据核字(2013)第 033868 号

出 版 人	刘宏伟
责任编辑	郑电波
插　　图	董钺
责任校对	尹春霞
封面设计	丹 澄

出　版：中原出版传媒集团　中原农民出版社
　　　　（地址：郑州市经五路66号　电话：0371—65751257
　　　　邮政编码：450002）
发行单位：全国新华书店
承印单位：辉县市伟业印务有限公司
开　本：710mm×1010mm　　　　　1/16
印　张：10
字　数：200 千字　　　　　　　　插页：4
版　次：2014 年 6 月第 1 版　　　 印次：2014 年 6 月第 1 次印刷
书　号：ISBN 978-7-5542-0603-4　 定价：25.00 元

本书如有印装质量问题，由承印厂负责调换

《中国乡土小说名作大系》编辑工作委员会

顾　问　张　炜　贾平凹
　　　　李佩甫　田中禾

主　编　郑电波

编　委　孙广举　王守国　刘思谦
　　　　何　弘　耿占春　刘　恪
　　　　魏世祥　原　非　罗阿波

原始资料搜集查询

李秋海　胡家模　尚书娉　郭保林　孙　涛
黄小娜　安建国　谭静波　杨继红　朱光琼
高殿石　董志辉　吕金国　汪　筠　黄海舟
张廷双　任庆文　尚　钊　王进喜　黄昌之

凡 例

  本大系短篇小说部分共分六卷,每卷分上、中、下三册,共18册。精选了1977年至2012年发表、出版的乡土小说作品中的短篇名作。

  本套书的选编原则上是以发表、出版的时间顺序排列的,每10年两卷(但在整体统筹中少部分例外)。

  第一卷和第二卷精选的是1977年至1988年发表的短篇小说佳作,不同的是第一卷所选的都是这个阶段的获全国短篇小说大奖的作品,因此,第一卷与第二卷在选编的时间排列上各自为序。

  每册书中若选某作家两篇或两篇以上作品,其顺序相连,以便阅读。

卷首语

三十多年来，中国农村发生了翻天覆地的变化，而中国农村题材小说的创作，正是对应了这段历史。它们是如此的丰富、瑰丽、饱满和激越，如此的斑驳陆离色彩纷呈。它们是心史，是一次不曾间歇的歌哭相随——过人的敏感，欣悦和忧郁，惊愕与绝望，大喜过望以及突如其来的沮丧，肤浅的赞许和陡峭的情感——这一切情愫一切境遇的全面记录和生动描摹。

卷首语

中原农民出版社出版的《中国乡土小说名作大系》，是当今文化界一个大事件，中国现代文学过去多少年取得的成就主要是乡土小说。

现在我们国家的改革进入到了城乡一体化程序，农民进城，小城镇的人到县上，县上的人到省城，省城的人到北京上海等大城市，中国社会已是迁徙的社会。我估计将来再过一两代人，乡土小说类型慢慢就要消退了，肯定不会再成为中国文学的主流了。但是，消亡我觉得是不可能的，因为大量的农村还在，更重要的是中国农村文明的思维还在，只要土地在，思维在，农耕的思维观念在，不管在哪儿，就是你在美国，到月球上去，你还是中国的，中国式的，写中国人的文学就不会消失，因此乡土小说也不会真的消失。

在中国，你想真正了解这个社会，获得一些更深层的东西，就去看一看乡土小说。乡土小说就好像馆藏一样，那里有丰富的宝藏。现在它已经不出现在街头了，就像庙堂或者说茶室一样，有闲时可以去坐一坐，静一静，慢慢品味它。

贾平凹 题

前　言

中国是一个乡土性很强的大国,诚如社会学家费孝通所说,中国是一个"乡土中国"。

乡土,几乎是每个中国人的精神家园。

在新时期文学中,乡土文学堪称最敏感的文化神经。新时期当代文化思潮的演进变化,许多是从乡土小说中透露出重要信息的。应该说,从中国乡土小说中可以读懂当代中国。

农民在我国的文学中,历来处于一个突出而显赫的地位。农民的社会地位不高,而文学地位不低。这是由于中国作家的乡土情结、生活阅历、审美情趣及价值取向所决定的。在文学对民族文化心理的反思中,农民作为民族文化心理的主要载体,自然成为小说家关注和表现的对象,故乡土小说天然地在新时期小说中,有着举足轻重的地位。

改革开放三十多年来,这是一个伟大的时代,一个中国前所未有的大变革时代。农村生活的改变,农民心气的勃发,新一代农民在精神、意识、思想上的吐故纳新,新与旧在现实生活中的冲突与较量,以及对于腐败现实的理性批判,随后成为乡土小说在一个时期里反复吟唱的主旋律。作家成了这个时期乡村广大农民理想的抒发者和愿景诉求的代言人。农民在内心理想的感召下奋发向前,作家与之击鼓前行。

改革开放以来的文学,我们称之为新时期文学。新时期文学有三个相互联系的阶段:"伤痕文学"、"反思文学"和"改革文学"。许多作品系统地反映了农村农民生活命运的变化,社会的深层变革,抒写了自己的社会理想。有些作家把思想的锋芒指向乡土文化与农耕文明,以自己的眼光与理性来发现和表现乡土中国的浑重、复杂与嬗变。当然,也有不少作家在作品中多有对自身命运的描述和情感宣泄。

新时期文学初期,印象深、乡土味儿较浓的有何士光的短篇小说《乡场上》,高晓生的《陈奂生上城》、《李顺大造屋》,张炜的《一潭清水》,贾平凹的《黑氏》,铁凝的《哦,香雪》,邵振国的《麦客》,张石山的《镢柄韩山宝》,王润滋的《内当家》,史铁生的《我的遥远的清平湾》,田中禾的《五月》,乔典运的《满票》等。中篇小说有郑义的《老井》,路遥的《人生》,张贤亮的《绿化树》,张一弓的《犯人李铜钟的故事》,叶蔚林的《在没航标的河流上》,莫言的《红高粱》,张炜的《秋天的愤怒》,映泉的《桃花湾的娘儿们》,王安忆的《小鲍庄》等等。

新时期文学的早期,是一个激动人心的时期,是一个重建希望的时代,人的内心如同枯木逢春,激情被时代精神所鼓舞并迅速地再度燃烧起来。人们在思想解放运动的昭示下又一次看到了未来的希望,并热情地期许这一切尽快变成现实。深怀理想主义文化信念的作家,无论用什么样的创作方法,骨子里都潜伏着浓重的浪漫主义基因,时代气氛使这浪漫潜滋暗长。那个时代的作家极少悲观,历经再多的苦难也不能告别乐观。作家几乎对未来用承诺的方式描绘着生活,读者的期待使写出好作品的作家一夜成名,自发阅读小说的人超过以往任何时代。人们最大的自由就是对美好的向往,人们在想象的话语中得到满足。

时间在飞驰,中国的变革在加深、加快。二十世纪九十年代引发的经济热潮、商业大潮席卷而来,文学受到很大冲击,一些作家纷纷下海弃文经商,文学创作受到了影响。然而乡土小说的创作,因与政治思潮、商品大潮都有一定程度的疏离,也由于作家的坚守,似乎并没有出现中断或萎缩的情形,无论是中、短篇小说还是长篇小说,都在坚守中有所拓展,且成就了乡土小说创作的特有景观,其作家创作形成了楚文化群落、吴越文化群落、齐鲁文化群落、燕赵文化群落、秦晋文化群落、中原文化群落、东北文化群落、巴蜀滇黔文化群落等,乡土小说内容丰富,五彩斑斓。

九十年代的乡土小说不再是单色的,而是多色的,很耐人寻味。如陈源斌的《万家诉讼》,李佩甫的《无边无际的早晨》,关仁山的《九月还乡》,余华的《活着》,迟子建的《雾月牛栏》,张宇的《乡村情感》,韩少功的《马桥人物》,杨争光的《公羊串门》,赵德发的《通腿儿》等等。

这一时期的长篇小说数量不太多,但质量很高,作家开始向家族、人生命运深处思考,审察人性、反思历史、反观传统,因此作品更显得有分量。长篇小说取得了重大成就。先有张炜的《古船》初现端倪,继有陈忠实的《白鹿原》,莫言的《丰乳肥臀》,阿来的《尘埃落定》的联袂冲刺,掀起长篇小说创作的第二个新高潮,是继八十年代古华的《芙蓉镇》,路遥的《平凡的世界》,贾平凹的《浮躁》之后第二个创作高峰。

新世纪阶段比之于前二十年文学文化领域,因面临着商业文化、传媒文化与信息科技的多重冲击,更由于人们价值观的变化,乡土小说读者的减少,作家浪漫情怀的式微,总体来说乡土小说创作出现了下滑和萎缩的趋势。然而,乡土小说并未到这部乐曲的尾声,不少乡土作家还在这片"土地"上耕耘,他们的笔墨自由而灵动,多元的叙事与多元化的观念已出现,令人感到振奋的是长篇小说的进一步繁荣,乡土长篇小说的创作出现了新的景观。贾平凹的《秦腔》,蒋子龙的《农民帝国》,孙慧芬的《歇马山庄》,铁凝的《笨花》,张炜的《你在高原》,刘震云的《一句顶一万句》,莫言的《蛙》等,其中有的作品的水平,已达到乡土长篇小说的新高。这是由于一些乡土小说作家一直在创作的深刻思考之中,他们甘于寂寞,其思考已抵达生活、社会、历史、人生甚至哲学的深处。

中国乡土小说可以说是新时期文学的精华与支撑,几乎所有的小说名篇都与"乡土"血脉相连,这不但有广泛的共识,也是不争的事实,它们占据了文学、文化、出版价值的制高点。

它是我们这个时代特有的文学形态,具有深厚的人文价值,就中国乡土小说而言,可以说达到了中国文学史上"前无古人"的思想和艺术高度,而且由于我们社会的深度变革,农耕文明的逐渐瓦解,这种形式的文学必将终结,因此可以说,它不仅是空前的,也是绝后的,它的辉煌如同唐诗宋词在中国文学史上的辉煌一样。

乡土小说植根于中华民族精神深处汲取营养,又表现并滋润着民族精神和意识,形成了新时期的文化景观。它不但被中国有识之士充分肯定和赞许,同时也被世界看重。"越是民族的,越是世界的",莫言获诺贝尔文学奖,就是一个有力的证明。

多年来,从鲁迅到沈从文,中国作家无不有着共同的诺贝尔文学梦,可是直到去年,莫言才为中国作家实现了这个梦想。我认为,莫言获诺贝尔奖,不是他一个人的胜利,而是一大群中国乡土小说作家的胜利。这片热土,造就了这一批作家;这个时代的气候,滋润了这一批作家的成长。如张炜、贾平凹、陈忠实等一批作家,其文学创作的实绩和水平,也大都进入了这个层面。我们为中国乡土作家的成功而鼓掌,为中国乡土小说的辉煌而欢呼。

这是一套乡土小说的精选本,我们这套书重在推出改革开放35年(1977—

2012)来中国乡土小说的精华部分,它们绝大部分是获奖名篇或被小说选刊选载、被评论家和广大读者所关注、极具影响力的作品。这些作品是时代的一面镜子,较深刻地反映了一个时期的社会现实。

本套书重时代感,所选作品的排序按照原作初次发表的时间先后顺延。选篇首重乡土气息、时代精神和文学价值,以作品品质为标杆(作家名气、地位作第二位考虑)以期展示35年中国农村变革,农民精神嬗变的文明进程,使内涵巨大的乡土小说所构成的文字画卷,具有以文学纪录时代史诗般的价值。

虽然过去也有一两家出版社出版过一些乡土小说选集版本,但大多是以作家为标杆选择篇目,规模小,不全面;而这套书以整个大改革时代为着眼点,登高望远,选篇宏观铺陈,将散失于长达35年间奇珍般的乡土小说,用一根乡土彩线串系在一起,这是对乡土小说的寻找与抢救,也是在打造我们中国人共同的心灵家园。

由于书的印张所限,有不少影响大、水平高的乡土小说未能选入,对此我们深感遗憾。我们希望这套书的出版,不但能让热爱乡土小说的读者喜欢,而且能让更多的农民兄弟读到。让农民了解农民,了解农村的变化,关心自身命运,关心社会变革,这是我们的初衷。

郑电波
2013 年初春

目　录

枯河	莫　言(1)
飞鸟	(11)
黑娃照相	张一弓(19)
烟王与小寡妇	郑电波(29)
砍树	矫　健(36)
高原	谭甫成(47)
受戒	汪曾祺(66)
山月不知心里事	周克芹(81)
琥珀色的篝火	乌热尔图(93)
干草	宋学武(104)
命若琴弦	史铁生(116)
父亲	梁晓声(133)

枯 河

莫 言

一轮巨大的水淋淋的鲜红月亮从村庄东边暮色苍茫的原野上升起来时,村子里弥漫的烟雾愈加厚重,并且似乎都染上了月亮的那种凄艳的红色。这时太阳刚刚落下来,地平线下还残留着一大道长长的紫云。几颗瘦小的星斗在日月之间暂时地放出苍白的光芒。村子里朦胧着一种神秘的气氛,狗不叫,猫不叫,鹅鸭全是哑巴。月亮升着,太阳落着,星光熄灭着的时候,一个孩子从一扇半掩的柴门中钻出来,一钻出柴门,他立刻化成一个幽灵般的灰影子,轻轻地漂浮起来。他沿着村后的河堤舒缓地漂动着,河堤下枯萎的衰草和焦黄的杨柳落叶喘息般地响着。他走得很慢,在枯草折腰枯叶破裂的细微声响中,一跳一跳地上了河堤。在河堤上,他蹲下来,笼罩着他的阴影比他的形体大得多。直到第二天早晨他像只青蛙一样蜷伏在河底的红薯蔓中长眠不醒时,村里的人们围成团看着他,多数人不知道他的岁数,少数人知道他的名字。而那时,他的父母全都目光呆滞,犹如鱼类的眼睛,无法准确地回答乡亲们提出的关于孩子的问题。他是个黑黑瘦瘦,嘴巴很大,鼻梁短促,目光弹性丰富的从来不知道什么叫生病的男孩子。他攀树的技能高超。第二天早晨,他要用屁股迎着初升的太阳,脸深深地埋在乌黑的瓜秧里。一群百姓面如荒凉的沙漠,看着他的比身体其他部位的颜色略微浅一些的屁股。这个屁股上布满伤痕,也布满阳光,百姓们看着它,好像看着一张明媚的面孔,好像看着我自己。

他蹲在河堤上,把双手夹在两个腿弯子里,下巴放在尖削的膝盖上。他感到自己的心像只水耗子一样在身体内哧溜哧溜地跑着,有时在喉咙里,有时在肚子里,有时又跑到四肢上去,体内仿佛有四通八达的鼠洞,像耗子一样的心脏,可以随便又轻松地滑动。月亮持续上升,依然水淋淋的,村庄里向外膨胀着非烟非雾的气体,气体一直上升,把所有的房屋罩进下边,村中央那棵高大的白杨树把顶梢插进迷蒙的气体里,挺拔的树干如同伞柄,气体如伞如笠,也如华盖如毒蘑菇。村庄里的所有树木都瑟缩着,不敢超过白杨树的高度,白杨树骄傲地向天里钻,离地二十米高的枝丫间,有一团乱糟糟的柴棍,柴棍间杂居着喜鹊和乌鸦,它们每天都争吵不休,如果月光明亮,它们会跟着月光噪叫。

或许,他在一团阴影的包围中蹲在河堤上时,曾经有抽泣般的声音从他干渴的喉咙里冒出来,他也许是在回忆刚刚过去的事情。那时候,他穿着一件肥大的褂子,赤着脚,站在白杨树下。白杨树前是五间全村唯一的瓦房,瓦房里的孩子是一个很漂亮的小女孩,漆黑的眼睛像两粒黑棋子。女孩对他说:"小虎,你能爬上这棵白杨树吗?"

他怔怔地看着女孩,嘴巴咧了咧,短促的鼻子上布满皱纹。

"你爬不上去,我敢说你爬不上去!"

他用牙齿咬住了厚厚的嘴唇。

"你能上树给我折根树杈吗?就要那根,看到了没有?那根直溜的,我要用它削一杆枪,削好了咱俩一块耍,你演特务,我演解放军。"

他用力摇摇头。

"我知道你上不去,你不是小虎,是只小老母猪!"女孩愤愤地说,"往后我不跟你耍了。"

他用黑眼睛很亮地看着女孩,嘴咧着,像是要哭的样子。他把脚放在地上搓着,终于干巴巴地说:"我能上去。"

"你真能?"女孩惊喜地问。

他使劲点点头,把大褂子脱下来,露出青色的肚皮。他说:"你给我望着人,俺家里的人不准我上树。"

女孩接过衣裳,忠实地点了点头。

他双脚抱住树干。他的脚上生着一层很厚的胼胝,在银灰色的树干上把得牢牢的,一点都不打滑。他爬起树来像一只猫,动作敏捷自如,带着一种天生的素质。女孩抱着他的衣服,仰着脸,看着白杨树慢慢地倾斜,慢慢地对着自己倒过来。恍惚中,她又看到光背赤脚的男孩把粗大的白杨树干坠得像弓一样弯曲着,白杨树好像随时都会把他弹射出去。女孩在树下一阵阵发颤。后来,她看到白杨树又倏忽挺直。在渐渐西斜的深秋阳光里,白花花的杨树枝聚拢上指,瑟瑟地弹拨着浅蓝色的空气。冰一样澄澈的天空中,一绺绺的细密杨枝飞舞着;残存在枝梢上的个把杨叶,似乎已经枯萎,但暗蓝的颜色依旧不褪;随着枝条的摆动,枯叶在窣窣作响。白杨树奇妙的动作缭乱了女孩的眼睛,她看到越爬越高的男孩的黑鱼般的脊梁上,闪烁着鸦翅般的光晕。

"你快下来,小虎,树要倒了!"女孩对着树上的男孩喊起来。男孩已经爬进稀疏的白杨树冠里去了,树枝间有鸦鹊穿梭飞动,像一群硕大的蜜蜂,像一群阴郁的蝴蝶。

"树要断啦!"女孩的喊声像火苗子一样烧着他的屁股,他更快地往上爬。鸦鹊翅膀扇起的腥风直吹到他的脖颈子里,使他感到脊梁沟里一阵阵发凉。女孩的喊叫提醒了他,他也觉得树干纤细柔弱,弯曲得非常厉害,冰块一样的天空在倾斜着旋转。他的腿上有一块肉突突地跳起来,他低头看着这块跳动的肌肉,看得清清楚楚。就在这时候,他又听到了女孩的叫声。女孩说:"小虎,你下来吧,树歪倒了,树就要歪到俺家的瓦屋上去了,砸碎俺家的瓦,俺娘要揍你的!"他打了一个愣怔,把身体贴在树干上,低眼往下看。这时他猛然一阵头晕眼花,他惊异地发现自己爬得这样高。白杨树把全村的树都给盖住了,犹如鹤立鸡群。他爬上白杨树,心底里涌起一种幸福感。所有的房屋都在他的屁股下,太阳也在他的屁股下。太阳落得很快,不圆,像一个大鸭蛋。他看到远远近近的草屋上,朽烂的麦秸草被雨水抽打得平平的,留着一层夏天生长的青苔,青苔上落满斑斑点点的雀屎。街上尘土很厚,一辆绿色的汽车驶过去,搅起一股冲天的灰土,好久才消散。灰尘散后,他看到有一条被汽车轮子辗出了肠子的黄色小狗蹒跚在街上,狗肠子在尘土中拖着,像一条长长的绳索。小狗一声也不叫,心平气和地走着,狗毛上泛起的温暖渐渐远去,黄狗走成黄兔,小成黄鼠,终于走得不见踪影。四外如有空瓶的鸣声,远近不定,人世的冷暖都一块块涂在物上,树上半冷半热,他如抱叶的寒蝉一样觳觫着,见一粒鸟粪直奔房瓦而去。女孩又在下边喊他,他没有听。他战战兢兢地看着瓦房前的院子,他要不是爬上白杨树,是永远也看不到这个院子的,尽管树下这个眼睛乌黑的小女孩经常找他玩,但爹娘却反复叮咛他,不准去小珍家玩。女孩就是小珍吗?他很疑惑地问着自己。他总是迷迷瞪瞪的,村里人都说他少个心眼。他看着院子,院子里砌着很宽的甬道,有一道影壁墙,墙边的刺儿梅花叶凋零,只剩下紫红色的藤条,院里还立着两辆自行车,车圈上的镀镍一闪一闪地刺着他的眼。一个高大汉子从屋里出来,在墙根下大大咧咧地撒尿,男孩接着看到这个人紫红色的脸,吓得紧贴住树干,连气儿都不敢喘。这个人曾经拧着他的耳朵,当着好多人的面问:"小虎,一条狗几条腿?"他把嘴巴使劲朝一边咧着,说:"三条!"众人便哈哈大笑。他记得当时父亲和哥哥也都在人群里,哥哥脸憋得通红,父亲尴尬地陪着众人笑。哥哥为此揍他,父亲拉住哥哥,说:"书记愿意逗他,说明跟咱能合得来,说明眼里有咱。"哥哥松开他,拿过一块乌黑发亮的红薯面饼子杵到他嘴边,恼怒地问:"这是什么?"他咬牙切齿地说:"狗屎!"

"小虎,你快点呀!"女孩在树下喊。

他又慢慢地往上爬。这时他的双腿哆嗦得很厉害。树下瓦屋上的烟筒里,突然冒出了白色的浓烟,浓烟一缕缕地从枝条缝隙中,从鸦鹊巢里往上蹿。鸦鹊巢中滚动着肮脏的羽毛,染着赤色阳光的黑鸟围着他飞动,噪叫。他用一只手攀住了那根一把粗细的树杈,用力往下扳了一下,整棵树都晃动了,树杈没有断。

"使劲扳,"女孩喊,"树倒不了,它歪来歪去原来是吓唬人的。"

他用力扳着树杈,树杈弯曲着,弯曲着,真正像一张弓。他的胳膊麻酥酥的,手指尖儿发胀。树杈不肯断,又猛地弹回去。他双腿抖得更厉害了,脑袋沉重地垂下去。女孩在仰着脸看他。树下的烟雾像浪花一样向上翻腾。他浑身发冷,脑后有两根头发很响地直立了起来,他又一次感到自己爬得是这样的高。那根直溜溜光滑滑的树杈还在骄傲地直立着,好像对他挑战。他把两条腿盘起来,伸出两只手拉住树杈,用力往下拉,树杈儿嗞嗞地叫着,顶梢的细条和其他细条碰撞着,噼噼啪啪地响。他把全身的重量和力量都用到树杈上,双腿虽然还攀在树枝干上,但已被忘得干干净净。树杈愈弯曲,他心里愈是充满仇恨,他低低地吼叫了一声,腾跃过去,树杈断了。树杈断裂时发出很脆的响声,他头颅里有一根筋愉快地跳动了一下,全身沉浸进一种愉悦感里。他的身体轻盈地飞起来,那根很长的树杈伴着他飞行,清冽的大气,白色的炊烟,橙色的霞光,在身体周围翻来滚去。匆忙中,他看到从忽然变扁了的瓦房里,跑出了一个身穿大花袄的女人,她的嘴巴里发出马一样的叫声。

女孩正眼睁睁地往树上望着,忽然发现男孩挂在那根树杈上,像一颗肥硕的果实。她猜想他一定非常舒服,她羡慕得要了命,也想挂到树杈上去。但很快就起了变化,男孩伴着树枝慢悠悠地落下来,她看到他的身体拉得很长,似一匹抖开了的棕色绸缎,从树梢上直挂下来,那根她选中的树杈抽打着绸缎,索然有声。她捧着男孩的衣服往前走了一步,猛然觉得一根柔韧的枝条猛抽着腮帮子,那匹棕绸缎也落到了身上。她觉得这匹绸缎像石头一样坚硬,碰一下都会发出敲打钉皮般的轰鸣。

他莫名其妙地从地上爬起来,身上有个别部位略感酸麻,其他一切都很好。

但他马上就看到了女孩躺在树枝下,黑黑的眼睛半睁半闭,一缕蓝色的血顺着她的嘴角慢慢地往下流。他跪下去,从树枝缝里伸进手,轻轻地戳了一下女孩的脸。她的脸很硬,像充足了气的皮球。

穿花袄的女人飞一般来到房后,骂道:"小坏种,你能上了天?你爹和你娘怎么弄出你这么个野种来?折我一根树杈我掰断你一根肋条!"

她气汹汹地冲到跪在地上的男孩面前,踢出的脚刚刚接触到男孩的脊梁,便无力地落下了。她的双眼发直,嘴巴歪拧着,扑到女孩身上,哭叫着:"小珍子,小珍子,我的孩子,你这是怎么啦……"

……一只浑身虎纹斑驳的猫踏着河堤上的枯草上了堤顶,肉垫子脚爪踩着枯草,几乎没有声音。它吃惊地站在男孩面前,双眼放绿光,呜呜地发着威,尾巴像桅杆一样直竖起来。他胆怯地望着它。它不走,闻着从他身上散发出的浓重的血腥味,他无法忍受它那两只粼光闪烁的眼睛的逼视,困难地站立起来。

月亮已升起很高了,但依然水淋淋的不甚明亮。西半天的星辰射出金刚石一样的光芒。村子完全被似烟似雾的气体笼罩了,他不回头也知道,村里的树木只有那棵白杨树能从雾中露出一节顶梢,像洪水中的树。想到白杨树,他鼻子眼里都酸溜溜的。他小心翼翼地绕过那只威风凛凛的野猫,趔趔趄趄地下了河,河里是一片影影绰绰的银灰色,不是水,是暄腾腾的沙土。已经连续三年大旱,河里垛着干燥的柴草,猫在背后冲着他叫,但他已无心去理它了。他的赤脚踩着热乎乎的沙土,一步一个脚印。沙土的热从脚心一寸地上行,先是很粗很盛,最后仅仅如一条蛛丝,好像沿着骨髓,一直钻到脑袋里。他搞不清自己的身体在哪儿,整个人变成了模模糊糊的一团,像个捉摸不定的暗影,到处都是热热辣辣的感觉。

他摔倒在沙窝里时,月亮颤抖不止,把血水一样的微光淋在他赤裸的背上。他趴着,无力再动,感觉到月光像热烙铁一样烫着背,鼻子里充溢着烧猪皮的味道。

大花袄女人并没有打他,她只顾哭她的心肝肉儿去了。他听着女人惊险的哭声,毛骨悚然,他知道自己犯下了错。他看到高大的红脸汉子蹿了过来,耳朵里嗡了一声,接着便风平浪静。他好像被扣在一个穹隆般的玻璃罩里,一群群的人隔着玻璃跑动着,急匆匆,乱哄哄,一窝蜂,如救火,如冲锋,张着嘴喊叫却听不到声。他看到两条粗壮的腿在移动,两只磨得发了光的翻毛皮鞋直对着他的胸口来了。接着他听到自己肚子里有只青蛙叫了一声,身体又一次轻盈地飞了起来,一股甜腥的液体涌到喉咙。他只哭了一声,马上就想到了那条在大街上的尘土中拖着肠子前进的黄色小狗。小狗为什么一声不叫呢?他反反复复地想着。翻毛皮鞋不断地使他翻筋斗。他恍然觉得自己的肠子也像那条小狗一样拖出来了,肠子上沾满了金黄色的泥土。那根他费了很大力量才扳下来的白杨树杈也飞动起来了,柔韧如皮条的枝条狂风一样呼啸着,枝条一截截地飞溅着,一股清新的杨树浆汁的味道在他唇边漾开去,他起初还在地上翻滚着,后来就嘴啃着泥土,一动也不动了。

沙土渐渐地凉下来了,他身上的温度与沙土一起降着。他面朝下趴着,细小的沙尘不断被吸到鼻孔里去。他很想动一下,但不知身体在哪儿,他努力思索着四肢的位置,终于首先想到了胳膊。他用力把胳膊撑起来,脖子似乎折断了,颈椎骨在咯嘣着响。他沉重地再次趴下,满嘴里都是沙土,舌头僵硬得不能打弯。连吃了三口沙土后,他终于翻了一个身。这时,他非常辛酸地仰望着夜空,月亮已经在正南方,而且褪尽了血色,变得明晃晃的,晦暗的天空也成了漂漂亮亮的银灰色,河沙里有黄金般的光辉在闪耀,那光辉很冷,从四面八方包围着他,像小刀子一样刺着他。他求援地盯着孤独的月亮。月亮照着他,月亮脸色苍白,月亮里的暗影异常清晰。他还从来没有这样认真地看过月亮,月亮里的暗影使他惊讶极了。他感到它非常陌生,闭上眼睛就忘了它的模样。他用力想着月亮,父亲的脸从苍白的月亮中显出来了。

他今天才知道父亲的模样。父亲有两只肿眼睛,眼珠子像浸泡在盐水里的梨。父亲跪在地上也很高。翻毛皮鞋也许踢过父亲,也许没踢。父亲跪着哀求:"书记,您大人不见小人的怪,这个狗崽子,我一定狠揍。他十条狗命也不值小珍子一条命,只要小珍子平安无事,要我身上的肉我也割……"书记对着父亲笑。书记眼里喷着一圈圈蓝烟。

哥哥拖着他往家走。他的脚后跟划着坚硬的地面。走了很久,还没有走出白杨树的影子。鸦鹊飞掠而过的阴影像绒毛一样扫着他的脸。

哥哥把他扔在院子里,对准他的屁股用力踢了一脚,喊道:"起来!你专门给家里闯祸!"他躺在地上不肯动,哥哥很有力地连续踢着他的屁股,说:"滚起来!你作了孽还有了功啦是不?"

他奇迹般地站了起来,一步步倒退到墙角上去,站定后,惊恐地看着瘦长的哥哥。

哥哥愤怒地对母亲说:"砸死他算了,留着也是个祸害。本来我今年还有希望去当个兵,这下子全完了。"

他悲哀地看着母亲,母亲从来没有打过他。母亲流着泪走过来,他委屈地叫了一声娘,眼泪鼻涕一齐流了出来。

母亲却凶狠地骂:"鳖蛋!你还哭?还挺冤?打死你也不解恨!"

母亲戴着铁顶针的手狠狠地抽到他的耳门子上。他干嚎了一声。不像人能发出的声音使母亲愣了一下,她弯腰从草垛上抽出一根干棉花柴,对着他没鼻子

枯 河

没眼地抽着,棉花柴哗啷哗啷地响着,吓得墙头上的麻雀像子弹一样射进暮色里去。他把身体使劲倚在墙上,看着棉花柴在眼前划出的红色弧线……

村子里一声瘦弱的鸡鸣,把他从迷蒙中唤醒。他的肚子好像凝成一个冰坨子,周身都冷透了。月亮偏到西边去了,天河里布满了房瓦般的浪块。他想翻身,居然很轻松地翻了一个身,身体像根圆木一样滚动着。他当然不知道他正在滚下一个小斜坡,斜坡下有一个可怜巴巴的红薯蔓垛。紫勾勾的薯蔓发着淡淡的苦涩味儿,一群群枣核大的萤火虫在薯蔓上爬着,在他眼睛里和耳朵里飞着。

父亲摇摇晃晃地来了,母亲举着那棵打成光杆儿的棉花柴,慢慢地退到一边去。

"滚起来!"父亲怒吼一声。

他把身体用力往后缩着,红薯蔓唰啦啦响着。月光遍地,河里凝结着一层冰霜,一个个草垛如同碉堡,凌乱地摆布在河上。甜腥的液体又冲在喉头,他不由自主地大张开嘴巴,把一个个面疙瘩一样的凝块吐出来。吐出来的凝块摆在嘴边,像他曾经见过的猫屎。他怕极了,一种隐隐约约的预感出现了。

那是一个眉毛细长的媳妇,她躺在一张苇席上,脸如紫色花瓣。旁边有几个人像唱歌一样哭着。这个小媳妇真好看,活着像花,死去更像花。他是跟着一群人挤进去看热闹的,那是一间空屋,一根红色的裤腰带还挂在房梁上。死者的脸平静安详,把所有的人都不放进眼里。大队里的红脸膛的支部书记眼泪汪汪地来看望死者,众人迅速地为他让开道路。支部书记站在小媳妇尸身前,眼泪盈眶,小媳妇脸上突然绽开了明媚的微笑。眉毛如同燕尾一样剪动着。支部书记一下子化在地上,浑身上下都流出了透明的液体。人们都说小媳妇死得太可惜啦。活着默默无闻的人,死后竟能引起这么多人的注意,连支部书记都来了,可见死不是件坏事。他当时就觉得死是件很诱人的事情。随着杂乱的人群走出空屋,他很快就把小媳妇,把死,忘了。现在,小媳妇,死,依稀还有那条黄色小狗,都沿着遍布银辉的河底,无怨无怨地对着他来了。他已经听到了她们杂沓的脚步声,看到了她们的黑色的巨大翅膀。

在看到翅膀之后,他突然明白了自己的来龙去脉,他看到自己踏着冰冷的霜花,在河水中走来又走去,一群群的鳗鱼像粉条一样在水中滑来滑去。他用力挤开鳗鱼,落在一间黑釉亮堂堂的房子里。小北风从鼠洞里、烟筒里、墙缝里不客气地刮进来。他愤怒地看着这个金色的世界,寒冬里的阳光透过窗纸射进来,照耀着炕上的一堆细沙土。他湿漉漉地落在沙土上,身上滚满了细沙。他努力哭着,为了人世的寒冷。父亲说:"嚎,嚎,一生下来就穷嚎!"听了父亲的话,他更感到彻骨的寒冷,身体像吐丝的蚕一样,越缩越小,布满了皱纹。

昨天下午那个时刻,他发着抖倚在自家的土墙上,看着父亲一步步走上来。

夕阳照着父亲高大的身躯,照着父亲愁苦的面孔。他看到父亲一脚赤裸,一脚穿鞋,一脚高一脚低地走过来。父亲左手提着一只鞋子,右手拎着他的脖子,轻轻提起来,用力一摔。他第三次感到自己在空中飞行。他晕头转向地爬起来,发现父亲身体更加高大,长长的影子铺满了整个院子。母亲和哥哥像用纸壳剪成的纸人,在血红的夕阳中抖动着。父亲那只厚底老鞋第一下打在他的脑袋上,把他的脖子几乎钉进腔子里去。那只老鞋更多的是落在他的背上,急一阵,慢一阵,鞋底越来越薄,一片片泥土飞散着。

"打死你也不解恨!杂种。真是无冤无仇不结父子。"父亲悲哀地说着。说话时手也不停,打薄了的鞋底子与他的黏糊糊的脊背接触着,发出越来越响亮的声音。他愤怒得不可忍受,心脏像铁砣子一样僵硬。他产生了一种说话的欲望,这欲望随着父亲的敲击,变得愈加强烈,他听到自己声嘶力竭地喊道:"狗屎!"

父亲怔住了,鞋子无声地落在地上。他看到父亲满眼都是绿色的眼泪,脖子上的血管像绿虫子一样蠕动着。他咬牙齿地对着父亲又喊叫:"臭狗屎!"父亲低沉地呼噜了一声,从房檐下摘下一根僵硬的麻绳子,放进咸菜缸里的盐水里泡了泡,小心翼翼地提出来,胳膊撑开去,绳子淅淅沥沥地滴着浊水。"把他的裤子剥下来!"父亲对着哥哥说。哥哥浑身颤抖着,从一大道苍黄的阳光中游了过来。在他面前,哥哥站定,不敢看他的眼睛却看着父亲的眼睛,喃喃地说:"爹,还是不剥吧……"父亲果断地一挥手,说:"剥,别打破裤子。"哥哥的目光迅速地掠过他凝固了的脸和鱼刺般的胸脯,直直地盯着他那条裤头。哥哥弯下腰。他觉得大腿间一阵冰冷,裤头像云朵样落下去,垫在了脚底下。哥哥捏住他的左脚脖子,把裤头的一半扯出来,又捏住他的右脚脖子,把整个裤头扯走。他感到自己的一层皮被剥走了,望着哥哥畏畏缩缩地倒退着的影子,他又一次高喊:"臭狗屎!"

父亲挥起绳子。绳子在空中弯弯曲曲地飞舞着,接近他屁股时,则猛然绷直,同时发出清脆的响声。他哼了一声,那句骂惯了的话又从牙缝里挤出来。父亲连续抽了他四十绳子,他连叫四十句。最后一下,绳子落在他的屁股上时,没有绷直,弯弯曲曲,有气无力;他的叫声也弯弯曲曲,有气无力,很像痛苦的呻吟。父亲把变了色的绳子扔在地上,气喘吁吁地进了屋。母亲和哥哥也进了屋。母亲恼怒地对父亲说:"你把我也打死算了,我也不想活了。你把俺娘俩全打死算了,活着还赶不上死去利索。都是你那个老糊涂的爹,明知道共产党要来了,还去买了二十亩兔子不拉屎的涝洼地。划成一个上中农,一辈两辈三辈子啦,都这么人不人鬼不鬼地活着。"哥哥说:"那你当初为什么要嫁给老中农?有多少贫下中农你不能嫁?"母亲放声恸哭起来,父亲也"嘻嘻嘻哈,嘻嘻嘻哈"地哭起来。在父母的哭声中,那条绳子像蚯蚓一样扭动着,一会儿扭成麻花,一会儿卷成螺旋圈。他猛一乍汗毛,肌肉缩成块块条条,借着这股劲,他站起来,在暮色苍茫的院子里沉思了几秒钟,便跳跃着奔向柴门,从缝隙中钻了出来……

天亮前,他又一次醒过来,他已没有力量把头抬起来,看看苍白的月亮,看看苍白的河道。河堤上响着母亲的惨叫声:"虎——虎——虎——虎儿啦啦啦啦——我的苦命的孩呀呀呀呀——"这叫声刺得他尚有知觉的地方发痛发痒,他心里充满了报仇雪恨后的欢娱。他竭尽全力喊了一声,胸口一阵灼热,有干燥的纸片破裂声在他的感觉中响了一声,紧接着是难以忍受的寒冷袭来。他甚至听到自己落进冰窟窿里的响声,半凝固的冰水仅仅溅起七八块冰屑,便把他给固定住了。

鲜红太阳即将升起那一刹那,他被一阵沉重野蛮的歌声唤醒了。这歌声如太古森林中呼啸的狂风,挟带着枯枝败叶污泥浊水从干涸的河道中滚滚而过。狂风过后,是一阵古怪的、紧张的沉默。在这沉默中,太阳冉冉出土,骞然奏起温暖的音乐,音乐抚摸着他伤痕斑斑的屁股,引燃他脑袋里的火苗,黄黄的,红红的,终于变绿变小,明明暗暗跳动几下,熄灭。

人们找到他时,他已经死了……他的父母目光呆滞,犹如鱼类的眼睛……百姓们面如荒凉的沙漠,看着他布满阳光的屁股……好像看着一张明媚的面孔,好像看着我自己……

原载《北京文学》1985 年第 8 期

飞 鸟

莫 言

　　星期六下午,我们去河边放羊。羊在河堤漫坡上吃草;我们在河堤上斗草。斗一会儿斗腻了,又玩八格棋,很快又玩腻了,便看太阳,看云霞,看许宝家的公绵羊用鼻子嗅方昌家的母绵羊的屁股。后来公绵羊跨到母绵羊背上,红红的一个辣椒伸出来,立刻就滑落下来,母羊叫一声,公羊叫一声,然后吃草。河里有很浅的一道水,几只燕子正在水面上穿梭。我们感到很无聊。许宝提议去学校里把尚秀珊揪出来斗争一会儿,解解闷儿。方昌反对。"斗争了几十遍了,翻来覆去就那么点事:什么用馒头喂兔子啦,泼洗脸水泼到学生身上了……没意思,没意思。"方昌摇着脑袋说。他的头很长,五官拥挤在下巴上方,额头十分空阔。许宝转动着黄色的大眼珠子,神秘地说:"我掌握了尚秀珊的绝密材料,今日的斗争会大有开头。""什么材料?"我们问。许宝四处看看,好像怕人听到似的,压低了嗓门说:"……"

　　这怎么可能呢?我们满腹狐疑地看着许宝。他的脸突然涨红了,黄眼珠子闪着金光,大声呵斥我们:"你们不信是不是?你们竟敢不信?!这是俺娘亲口告诉我的!"

许宝的娘是我们村唯一的一位五十多岁没裹小脚的女人,家里有很光荣的历史,把村里的老支部书记打倒之后,她当上了"革命委员会"的主任。那是个嗓门洪亮、身高马大、生死不怕的婆娘,她的话自然不能怀疑。

"真是太可恨了!"瘦子张同意大声嚷着,"她这是'癞蛤蟆剥皮心不死'!走走走,快快去学校,把她揪来,让她交代!"

许宝让方昌看着我们的羊,方昌不愿,想去揪尚秀珊。许宝让他服从命令,否则脱裤子打腚,方昌便不敢啰唆,老老实实看羊去了。许宝带着我、张同意、杜大饼子、聂鼻、高疤,威风抖擞,沿着胡同,冲向学校。

一进校门,正碰上高疤的姐姐高红英,她原先是一年级的代课教师,现在是学校"革命委员会"的副主任。她刚从主任的屋里出来,眼睛红红的,好像刚哭过的样子,一看到我们,立刻把脸上的肌肉绷紧,恶声恶气地问:"你们来干什么?"然后又吼她弟弟:"小疤,星期六,你不去放羊,来干什么?"高疤不服气地说:"你怎么知道我没去放羊?羊在河里吃草哩!"许宝趋前一步,说:"高副主任,我们想把尚秀珊揪出去斗争一会儿。"高红英没好气地说:"斗争个屁!都滚回去放羊吧!"许宝仗着他娘的威势,顶撞着:"好哇,你敢压制革命小将的革命行动,你站到什么立场上去了?!""革命,你一个小毛孩子知道什么叫革命?竟敢拿大帽子压我,"高红英红着脸说,"老娘闹革命时你还在你娘肚子里没出来呢!"正吵闹着,校"革命委员会"主任王大鼻子从屋里走出来,问:"吵嚷什么?"许宝上前道:"王主任,你给评评理,我们想把尚秀珊揪到河滩上去斗争一会儿,高副主任不但不批准,还讽刺挖苦我们!"王大鼻子看看高红英,对我们说:"高副主任逗你们呢,红卫兵小将的革命行动,谁敢压制,谁就是反革命!揪去吧,斗去吧,就是不能让阶级敌人有喘息的机会。"王主任拍了一下高红英的肩膀,高红英便跟着他进屋里去了。

尚秀珊一家住在学校西侧的小厢房里,我们走过去,看到窗户上、门板上糊满了大字报,屋里静悄悄的,一点点声音也没有。我心里有些虚怯,抬眼去看同学们,发现他们也都脸上显露出怯懦的神色来。我们站在门前,听到房檐上的麻雀发出唧唧的怪叫,抬头看,原来两只麻雀在交配。公麻雀下来后,母麻雀把羽毛蓬起来,身体显大了许多,抖擞几下,才铩羽恢复原状。张同意悄悄地摸出弹弓,装上泥丸,举臂拉皮条,刚要发射,麻雀振翅飞去,落在很远处的一株杨树上,叽喳喳叫,好像在骂我们。

"你敲门!"许宝捅了张同意一下,说。张同意捅了高疤一下,说:"你敲!"高疤捅了我一下,说:"你敲!""你敲!"我捅了许宝一下,说。

许宝骂道:"你们这些怕死鬼,连个门都不敢敲,待会儿可怎么批斗?"

高疤说:"事情是你先挑起来的,你不敲倒要我们敲?"

许宝说:"我敲,你们跟着。"

他攥着拳头,对着门板打了一下。门板"空咚"一声响,我的心一阵急跳。

屋里没有回音,许宝又敲了门板一拳。我们也各敲了几拳。

一声咳嗽从厢房里传出,接着一个沙哑的男人喉咙出了声:"谁?"

我们一时都愣了,互相打量着,都不敢吱声。我有些怕,很想跑开。还是许宝胆大,他故意粗着喉咙说:"我们是红色造反兵团!"

屋子里沉默了许久,接着传来低语声。我们的胆子渐渐壮起来,拳打脚踢着门板,嘴里嘟嚷着:开门!开门!我们是红色造反兵团!

厢房的门缓慢地开了一条缝,闪出一张苍白、浮肿的大脸。我们自然认出那是校长的脸。他原本很瘦、很精干,"革命"一起,他就肿胖了,原来溜溜圆的大黑眼也变小了,眼睛里射出的光线阴森森的。我不由得胆怯起来,把身体避在身材比我高许多的杜大饼子背后。

"同学们,有什么事?"校长问。

"我们要斗争地主分子尚秀珊!"许宝说。

校长阴沉沉地说:"她病了。"

"病了?"许宝大声说,"谁说她病了?"

校长说:"她真病了!"

"不行,我们要看看!"许宝说。

"同学们,我与你们无冤无仇……"校长软弱地说,"她真病了,你们发扬点人道主义精神吧……"

"什么话?"从我们背后传来一声怒吼,王主任和高副主任并肩站在我们背后。高副主任接着王主任的话茬儿大声说:"什么'无冤无仇'?冤仇大着呢!什么'人道主义'?对你们这些阶级敌人,没有什么'人道主义'好讲!"

有王主任和高副主任撑着腰,我们的胆气壮起来,一窝蜂冲进屋去。屋子里很暗,黑暗中散发着一股浓烈的霉味,还有老鼠尿的臊气。

我紧缩着身体。我猜想我的同伴们也一定紧缩着身体。"文化大革命"爆发前,我们一进学校大门,经常能听到从这间小厢房传出愉快的说笑声。有时还能听到尚秀珊的女儿尚慧敏悦耳的歌唱声。那时我们对这间小厢房向往极了。我那时想住在这小厢房里的人过着神仙一样的日子,天天吃白面,顿顿吃肥猪肉,一定幸福得要命。我多么想能到这间小厢房里去开开眼界,看看神仙们是怎样生活的。后来我终于实现了愿望。我的在北京念大学中文系的哥哥放寒假回来,因为别无去处,所以天天去学校里玩。寒假里学校里只有校长的小厢房里有人烟,哥哥其实一天到晚都泡在这里。我知道哥哥不愿我跟着他,但我还是跟着他踏进了"神仙洞府"。校长一家正在吃饭,三口人围着一张矮脚小饭桌,桌子上有一碟花生米,一碟豆腐干,一堆白蒜瓣,还有几个白面馒头。馒头的味道好闻极了,说实话我馋得要命。校长和尚老师客气地站起来,让我哥哥吃饭,他说吃过了。尚老师是我们的班主任,我认识的字儿都是她教的。她说你哥不吃你吃吧。我说不吃。尚慧敏笑着说别馋孬了,她抓起一个馒头,扬起来,说:"接住!"馒头飞到我的眼前,我双手接住,咬了一口,抬眼看我哥,他正用眼睛剜我。我感到很羞愧,放下馒头就跑了。我听到他们在笑。后来我又溜回去,听到我哥正与读高中的慧敏谈《红楼梦》。又后来尚老师和校长好像对我格外亲切。尚慧敏还送给我一只麻雀,我不知道她是怎样捉到的。尚慧敏是尚老师和她前夫的女儿,所以不跟着校长姓王。

我们的眼睛习惯了黑暗,看到校长垂着头站在墙角,看到尚秀珊穿着一条红布裤头躺在床上,屋子里又闷又热又潮湿,柳木床腿上生长出嫩绿的枝条,跳蚤碰得腿响。我看到尚秀珊的肉白生生的,心里乱糟糟,头晕眼花,只想逃出去。

许宝龇着牙,很凶地说:"地主婆,不要装死,滚起来,我们要斗你!"

尚秀珊从床上躬起身子来,接着又倒下。她呜呜地哭着说:"同学们,饶了我吧,我病了。"

张同意说:"谁是你的同学!"她改口说:"小将们,饶了我吧……"许宝说:"别装死,你逃避批斗,罪该万死!"校长说:"我替她去吧!"许宝说:"不行!她给地主做过老婆,你能替吗?"尚秀珊说:"好……我去……"

我们押着尚秀珊,沿着胡同向河边走。她用手扶着学校的围墙,一步一步地挪,好像腰腿很痛的样子。胡同里的百姓们一边看一边叹气、流泪,明显地是对尚秀珊表示同情。愈是有人看,尚秀珊愈是做出步履艰难的样子,嘴里还发出嘤嘤的哭声。我觉得她有些装模作样。

谁也没打她,斗几次,不至于斗成这样。但是我后来听我姐姐说——慧敏对我姐姐说的——尚秀珊不是装样,她真的受了酷刑,施刑者就是那位跟许多"革命男人"不清不白的高红英。据说高红英用蘸了辣椒面的老黄瓜狠捅尚秀珊的阴部,真是毒辣到极点。

尚秀珊的前夫好像姓赵,据说是平度城里一家大财东的少爷。他死后,尚带着女儿改嫁我们校长。尚的前夫是怎么死的,我们搞不清楚。据说是被共产党枪毙的,最坏莫过于这一条了,于是我们就说她的前夫是被共产党枪毙的。

我们把尚秀珊押到河滩上的一片葵花地边。我们躲在肥硕的葵花叶片遮出的荫凉里,把尚秀珊面朝西放在毒日头下晒着。方昌跑过来,顶着一脑门子热汗珠,抱怨道:"你们怎么才回来,把我急死了!"

许宝道:"急什么你?揪出个地主婆那么容易?也幸亏我去了,要是你们去,能揪出她来才活见了鬼!"

我们都知道许宝说的是千真万确的话，要不是他带头打冲锋，我们早就败下阵来了。

现在，我们的目光聚在许宝的脸上，等待着他领导我们与地主婆斗争。他眯缝着眼，脸上显出洋洋得意之色。他说："不着急，这个地主婆一身霉气，晒会儿再斗。"

他带着我们钻进了葵花地里。我们坐在潮气很重的地上，一会儿从葵花秆的缝隙里望望在河滩跑来跑去的羊儿，一会儿仰起脸来望望那紧盯着太阳的硕大花朵。许宝说："不行，不能让她这样舒舒服服地站着，金豆子，你去把她按弯了腰！"

金豆子是我。我接到许宝的命令后脸上顿时冒了大汗，头发里的馊味儿涌进嗅觉里。我手掐着奇嫩的葵花秆儿，脸发着胀，结巴着说："我……我……"

"你怎么啦？"许宝不满地说，"老中农的子孙，缺乏革命性，前怕狼后怕虎，跟你爹一个样儿。"

我大着胆儿走出葵花地，蹭到尚秀珊身边。地上的绿草像火一样燃烧着，耀得我的眼睛辣辣地痛。尚秀珊身上有一股子樟脑味儿，熏人厉害。我说："你低头弯腰认罪！"她斜着眼看着我，看得我的心像擂着的鼓。几年前在她家吃馒头的情景晃在眼前。她比我高一个头，发格外黑，皮格外白，虽然老了还是很好看。她女儿慧敏更漂亮，传说我哥哥跟慧敏有点那个意思。慧敏送我的麻雀我没拿住一展翅飞了。我说："低头，地主婆！"她冷冷地看我一眼，嘴里嘟哝了一句什么。我回头望着葵花地里的伙伴们，用目光向他们求援。葵花地里突然响起了口号声，是许宝带头振臂呼喊，其他人附和着：

"打倒尚秀珊！尚秀珊不低头，就叫她灭亡！"

我咬着牙，瞪着眼，蹦了一个高，揪住了她的头发，使劲儿往下一拽，她的头一下子奔拉下来，腰也随着弯了。我听到她的喉咙里发出了一阵咕咕的声音，像小蛤蟆的鸣叫声一样。我感到浑身发冷，嘴里分泌出许多苦涩的口水。我钻进了葵花地，说："这坏蛋，我让她低了头！"

伙伴们都用怪异的眼光看着我。我感到双腿发软，便扶着葵花秆儿坐下来。我难以忘却她的头发留给我的感觉：又黏又腻又冷，好像握着一条毒蛇。

许宝说："金豆子有进步，我回家把你的表现跟俺娘说说。"

方昌钻出葵花林，把尚秀珊的头按得更低了些。她的头发垂到了地面，显得脖子又细又长。哭泣声从那团黑发的下面冒上来，嘤嘤的，呜呜的，像小孩子的哭声一样。方昌把她叉开的双腿并拢了，双手卡着她的脖颈子使劲往下按了按，说："好好想想，待会儿向我们交代你的罪行！"尚的哭叫声从地面上返上来："同学们……我的罪行早就交代完了……"

许宝挖起一团湿泥巴打过去,厉喝道:"狐狸精,你还有一桩大罪行没有交代!"

泥巴准确地打在尚秀珊的头颅上,然后扑簌簌地松散落地。紧接着雨点般的泥巴从葵花林中飞出去,有的击中她的头颅,有的击中她的肩背,她顷刻间变了颜色。

"给你十分钟时间,好好想想!"许宝说着,把嗓门猛地拔高了,带着我们喊:"坦白从宽!抗拒从严!拒不交代!死路一条!"

"歇一会儿吧,"许宝道,"大家都表现得不错,对阶级敌人就是要狠,绝不能心慈手软!"

他扳倒一棵向日葵,搓掉硕大的花盘上的花蕊儿,撕破盘儿,掐出一些嫩壳籽儿放在嘴里嚼着。他的手指上和嘴唇上都沾上了金黄色的花粉。

羊在远处咩咩地叫着,河堤外的村子里传来敲击钢铁的声音,葵花地里很静,几只肥胖的黄蜂在葵花盘上打着滚儿,沾了一身的花粉。许宝突然像发了疯似的摇晃起身体四周的葵花秆儿来,绿得发黑的葵花叶儿嚓嚓地摩擦着,沉重的葵花盘儿摇头晃脑,胡颠乱动,犹如几个痴呆、懵懂的大头崽子。我们模仿着许宝,几乎把整个葵花地都搅动了,一边摇晃我们一边怪叫着,在我们的叫声里,一株株茁壮的葵花啪啪地折断了。

我们几乎忘了尚秀珊。

她一头栽在沙地上时,我们钻出了葵花地。

"死了吗?"张同意问。

许宝年龄大、劲大、经验多,他把尚秀珊拖到葵花地边的荫凉里,用手试试她的鼻孔,说:"还喘气,没死!"

"吓死我了。"杜大饼子说。

"把她送回去算了,"高疤说,"弄死可就来麻烦了。"

许宝说:"还没开始斗呢,哪能送回去?"

方昌说:"这样怎么斗?"

许宝说:"掐葵花叶儿,到河里舀点水来泼泼她。"

于是,我们掐了葵花叶,卷成筒状,到河里盛来水,泼到她的脸上、身上。她哼哼几声,果然睁开了眼。

许宝说:"考虑得怎么样了?"

尚秀珊闭着眼说:"你们杀了我吧……"

许宝说:"我们不杀你,我们要强奸你!"

尚秀珊怪叫一声,打着滚爬起来,跑了两步,跌倒了,便嗥叫着往前爬。

许宝冲上去揪住她的头发,使她的脸仰起来。她双膝跪地,双手拄地,仰着脸,白着眼,木木地说:"饶了我吧……饶了我吧……"

许宝低头看到自己胯间高高撑起,红了脸皮,丢开尚秀珊,说:"你这样的老货,谁要?吓唬你罢了!只要你交代问题,我们就放了你!"

"我交代……我交代……"

"你男人被枪毙后,你把他的鸡巴割下来,风干后藏着,准备向我们反攻倒算,有这事没有?"

"你把它藏在什么地方了?说!"

"我把它藏在墙缝里了……"

把鸡巴风干了藏在墙缝里?

把鸡巴风干了藏在墙缝里!

许宝拳打脚踢着向日葵大笑起来。鸡巴插在墙缝里!哈哈!稀里哗啦啪啪啪!我们大声嚷叫着:"鸡巴插在墙缝里!"哈哈哈!我们破坏着向日葵,稀里哗啦啪啪啪!

从河堤上望下来,我们像一群嬉戏在向日葵森林里的猴子。

傍晚,红日下去了,晚风清凉了,我牵着羊回了家。院子里扫干净了,饭桌摆在老梨树下了。爹、娘、姐、叔、婶,都坐在树下,都不说话。我知道大事不好了。拴好了羊,刚想夺门而逃,姐姐一个箭步跳上来,揪着我的耳朵,把我拖到梨树下。娘扇了我一巴掌,哭着骂:"孽障!你伤天害理吧!"

姐姐从猪圈旁边提过一把锋利的铁锹,递给爹,说:"爹,铲死他算了!"

爹接过铁锹,把锋利的刃儿抵到我的脖子上。冰凉的铁刃儿顶着我的喉头,吓得我三魂丢了两魂半,屎尿一裤裆,我说:"爹,饶我一条小命吧,是许宝带的头……"

爹的手哆嗦着,我的小命悬着。

这时,奶奶拄着拐棍走进了院子。

我一看见奶奶,哭叫着:"奶奶,救命啊!"

奶奶颤巍巍地举起拐棍,拨开了爹手中的铁锹,说:"什么大不了的事,值得你们铲他的头!"

"娘,你不知道他作了多大的孽!"爹说。

奶奶道:"我知道!都坐下吃饭!"

喝了一口粥,奶奶笑着说:"我给你们讲个古吧,都好生听着!"

奶奶说,从前,有老两口子,好得像蜜一样。有一天,老婆子死了,撇下老头和一个儿子。老头哭了半天,终究割舍不了,瞅个空儿,找了把剃头刀子,磨得风快,把老婆那家什旋了下来,放在房檐下风干了,找了个小木盒装起来,有空就拿出来看看,就跟看见老婆子一样。说话间儿子就长大了,娶了个媳妇。老头儿没事,就一个人躲在屋里,抱着个盒儿翻来覆去地看。天长日久,儿媳妇犯了疑:爹的木盒里一定藏着宝!有一天,老头和儿子下了地,儿媳妇踩着炕沿从梁头上把木盒取出来,拉开盖一看,毛糟糟一团,不知道是什么物事,扒着扯着研究了半天,才恍然大悟了。这个儿媳妇也是个淘气鬼儿,把那物事扔给猫吃了,从房檐下捉来一只麻雀,装进木盒,放到梁头上。老头下地回来,喝了水,回到自己屋里,从梁头上摸下木盒,拉开木盖,才刚要看,就听到扑棱棱一阵响,一团毛茸茸的东西穿过窗棂子飞走了。老头追到院子里,大声喊叫:儿媳快来!

儿媳假装糊涂,跑出来问:爹,什么事?

老头道:快拿扫帚快拿竿,竿子打,扫帚扇。

儿媳问:爹,打什么?扇什么?

老头哭着说:多年的老屄飞上天!

奶奶讲完了古,说:"你们为什么不笑?"

莫　言

原名管谟业。1956年出生于山东省高密市大栏乡一个农民家庭。1985年加入中国作家协会。1989年秋入鲁迅文学院研究生班学习。

1981年开始小说创作。作品有中短篇小说集《透明的红萝卜》《红高粱家族》《欢乐十三章》《爆炸》《金发婴儿》《白棉花》《怀抱鲜花的女人》《神聊》《猫事荟萃》《师傅越来越幽默》《长安大道上的骑驴美人》《战友重逢》,长篇小说《天堂蒜薹之歌》《十三步》《酒国》《食草家族》《丰乳肥臀》《红树林》《檀香刑》《四十一炮》《生死疲劳》,散文随笔集《会唱歌的墙》《小说的气味》《莫言文集》(12卷)等。小说《红高粱》获1985～1986年全国优秀中篇小说奖,长篇小说《丰乳肥臀》获首届"大家文学奖"。2012年获诺贝尔文学奖。

黑娃照相

张一弓

右手插在袄兜里,捏紧了一叠八元四角钱的钞票,十八岁的张黑娃两腿生风地上中岳庙赶会去了。

黑娃的衣兜里可曾装过这么多的钞票吗?没有没有。虽然上过初中而又钻研过一点儿"经济学"的黑娃是这个三口之家的财务大臣,自辍学以来,就掌管着他家的卖鸡蛋钱;虽然那两只下蛋十分卖力的母鸡,三天两头地仰着血红的鸡冠"咯嗒咯嗒"地叫着,向全世界发布它们的生产公报,但黑娃每次经手的收入却不曾超过三元,因为他总是等不到攒够三十个鸡蛋,就得赶紧去集上卖了,要不,面条汤里没盐,晚上黑灯瞎火,黑娃爹娘要是有个头疼脑热,也只好硬撑着了。

眼下这八元四角钱,是黑娃家的一个具有历史意义的伟大事件,使黑娃沉浸在少有的激动和向往之中。你看,他正高腔大嗓地唱着梆子戏,一溜小跑地朝庙会上走着,漾着笑意的胖乎乎的圆脸和中等个儿的结实浑圆的身体,仿佛蕴藏着难以掩饰的富有,高高挑起的眉梢上挂着隐藏不住的喜气,一双黄玻璃般的圆鼓鼓的眼睛却在不时地眨动,像猫眼一样变幻着奇异的光,如同望见了一个美丽的、五光十色的梦境似的。若不是黑娃那件肩上、肘上打着补丁的黑色对襟小袄和那条两年前从姐夫那儿捡来的磨得发白了的蓝色工装裤子,使人感到黑娃在生活和美学上也还存在着某些缺陷的话,那么,我们几乎可以认定黑娃是中岳嵩山之下最富有、最快活的小伙儿了。

多亏了俺那长耳朵货!黑娃捏着钱,正在得意地寻思。今年打罢新春,黑娃计算着缸里的蜀黍吃到麦口还有剩余。这一罕见的统计结果,给黑娃带来了少有的欣喜。他就背着四十五斤蜀黍,去北山后换回来四只长毛兔娃子。

"咦咦,黑娃!"黑娃爹连连摇着脑袋,抱怨说:"你咋带回来几个'豁子嘴'?"

黑娃绷着脸说:"发展副业嘛!"

"咦咦,还'发展'哩!"黑娃爹惊恐地盯着兔娃子,"你没看看它们长着豁子嘴!有了这'责任田',才冒了冒囤尖尖,你就叫这长耳朵畜生来咱家扒豁子哩?"

"迷信!"黑娃瞥爹一眼,接着,便以一个初中生的聪明和雄辩,向爹宣传了饲养长毛兔的优越性。黑娃首先指出,兔毛是一种高贵的纤维,懂吗?纤维!去供销社收购站看看吧,一两特级兔毛,明码实价两块七。一只长毛兔一次能剪一两毛,一年能剪五次,算算,四只长毛兔一年能剪出多少"两块七"?"特别的尤其是"——黑娃强调指出,母兔长到三个月就要当娘了,一个月能生一窝兔娃,一窝少说七八只,一年之中,兔娃生兔娃,兔娃的兔娃再生兔娃,找个电子计算器算算,一年能生养多少兔娃呢?兔娃满月半斤重,一只能卖一块钱,再算算,这笔收入是多少?"更加的尤其是"——黑娃进一步强调指出,长毛兔爱吃百样草,不吃粮食,冬天没青草,就吃蜀黍秆、红薯秧子。喂鸡还得蚀把米,喂这长毛兔舍点啥?四两力气。最后,黑娃反问道:"爹,你猜这兔毛为啥恁金贵?"

"那为啥?"黑娃爹早已听愣了。

"就因为外国人爱穿毛线衣。"黑娃一针见血地指出:"美国大总统他屋里人穿的那花毛衣,就是用这兔毛做的。"

"嚯嚯!"黑娃爹发出了惊叹声。

"听外贸上的人说,那毛线名叫'开司米'。"他见爹加倍的愕然,就加倍地露出高深莫测的神色,用英国人听不太懂的英国语调,仰脸说:"Kiss me! 懂吗?"他又解释说:"翻成中国话,这就是'好'、'老好'、'大大的好'的意思。信不信由你!"(作者注:这两个英文单词组合在一起意为"吻我"。我们的黑娃不懂英语,但他想当然地作了这样的解释。)

黑娃的宣传取得了极大的成功。黑娃的勤劳获得了长毛兔的报答。今天清早,黑娃第一次给长毛兔剪毛,送到供销社收购站一过秤,三两有余;用尺子一量,毛长一寸七以上,特级!收购员一拨拉算盘,八块四毛钱也就"哧溜儿"钻到黑娃袄兜里了。

这笔空前巨大的收入,在整个家庭里引起了空前巨大的震动。

黑娃爹想着,听说这兔毛一年剪五回,头一回就剪了八块四,老天爷！要是喂十只、八只的,能"剪"出来多少个"八块四"呢？他的因喜悦而变得闪闪发亮的目光盯住了两只母兔,这两个"骚货"分明已重孕在身,举止蹒跚,眼看就要当兔娃它娘啦！啧啧,俺黑娃真长着"置业手",攥着那搂钱的耙子,如今政策上兴的是劳动致富,这可是上了那红头文件的,啧啧！俺张家到了黑娃这一代是该往高处长长,往粗里发发啦！

黑娃娘望着黑娃,却不由得抹起泪来。"看看,看看,"她瞥黑娃爹一眼,"眼看咱黑娃长到十八岁上,你啥时候给过他一个'八块四'哩？看看,看看,"黑娃娘又眼泪汪汪地打量着黑娃,"看看俺孩儿穿的啥？眼看该说媳妇了,还穿这对襟小袄、烂布衫儿,要是说媒的上门,一看这败兴样儿,人家还来不来第二回呢？我说黑娃！"娘嘱咐着,"中岳庙上起会哩,如今兴了这'责任田',活路由自己安排,赶会也用不着请假,你就去会上把这钱花了,想吃啥,吃！想穿啥,穿！眼看能当家主事了,可怜你还没吃过水煎包子……"黑娃娘说到这儿,眼圈儿又立时红了。

黑娃爹插嘴说:"你又难受啥哩？我没吃过水煎包子,不也活了这六十多？"

"跟你比,都啃土坷垃去！"黑娃娘抢白了黑娃爹,又嘱咐黑娃:"眼看该换季了,你还穿着这小棉袄,也没件绒衣换换,脱了棉的,就是单的。你就去会上买件绒衣吧,再不能放着布票叫老鼠啃！这钱买绒衣也用不完,你就再买顶帽子,免得一刮风,直往头发里钻土。要不,你就先买件'的确良'衫儿,还有,塑料凉鞋也快穿得了。听说会上来了马戏团,武把子好着哩,老杆都栽上了,你也……"

黑娃面对着娘的不断增长的物质和精神生活的迫切需要,仰着脸说:"娘,你等着,我这就去把百货门市部给你背回来！"说罢,如同一个腰缠万贯的少掌柜似的,直奔中岳庙而去。

中断多年的中岳庙会,自三年前恢复以来,变得更加热闹了。逢会时,成群结队的小脚大娘翻山涉水而来,有向"中王爷"求子、拜药的,有向"镇庙铁人"拜认"老干大"、祈求子孙平安的,有向"三仙圣母"问吉凶祸福的,也有省城里的年轻人坐上旅游车来看香客怎样焚香跪拜、敲木鱼念经的,还有许多山民像黑娃这样,捏紧了兜里的钱,来会上购买时新百货、小件农具,看看省城动物园运来的老虎,去"中王爷"的"寝殿"里照照从洛阳运来的"哈哈镜",再去饭棚里吃一盘水煎包子或是炒凉粉。于是,借着中岳庙游客之多和香火之盛,几十个本县的供销门市部以及省城、外县的百货商店就在庙会上扯起了鳞次栉比的帆布篷,设立了货源充足的售货部。刚刚时兴的铁匠、木匠"专业户",也越来越多地带来了各自的产品,摆上了地摊。饮食"专业户"也在稠密的国营食堂之间,见缝插针地支起了锅灶。货币在紧张地流通,商品在频繁地交换。黑娃连同他的八元四角钱便如同被磁石吸引着似的跑到这儿来了。

黑娃来到会上,便一头钻进了百货棚,恰如一条鱼儿,消失在喧哗的人流里。历来不重视仪表,只是偶尔在山泉水里照一照尊容的黑娃,一旦捏住了八元四角的钞票,也便立即唤醒了人的爱美的天性。他整整用了半晌的工失,经历了不少于二十次的询问、对比、选择,终于认准了一件小翻领、有拉链的红绒衣,而且想象着——像那些有幸当上工人或是家里有人在外拿工资的小伙儿那样,他怎样穿上红绒衣,罩上绿色军布衫儿,敞开领口,把红绒衣领子翻出来,露出闪光的拉链,再用牙齿把绿军帽的帽顶咬出个圆形的棱角,扣到头上,低低地拉下帽檐,活泼的目光在帽檐下"唆唆"地闪动。于是,我们的黑娃也就具有了中岳嵩山之下一个翩翩少年进入八十年代以来的典型风度,而且会赢得闺女们悄悄投来的含情脉脉的目光了。但是,当黑娃那只捏着钞票的右手终于从袄兜里伸出来,开始用指头查钱的时候,又忽然想起,他眼下还没有绿的确良军布衫儿跟红绒衣相配,要是在红绒衣外面罩上他那件唯一的已经发白而且小得像茄子盖一样的蓝布褂子,配上这条膝盖上早已打了补丁的破工装细腿裤子,再叉开腿来,圆规般地站着,翘起这双露出小拇脚趾头的解放鞋,俺黑娃是一副什么模样呢?他立即感到莫大的惶恐。"特别的尤其是",他想着,眼看就是"谷雨",接着就是"立夏",绒衣穿不了几天就该换季了,买来放着压箱底儿,造成资金积压,这算哪一家的"经济学"呢?眼下顶要紧的,是买一件的确良军布衫儿,现时罩住这补丁小袄遮遮丑,天热了还可以单穿。但他在百货棚里视之再三,最便宜的的确良褂子也要十五元五角,大大超过了囊中所有。退而求其次,买一条公安蓝的确良制服裤吧,也要十一元三角,还有两元九角的差额有待长毛兔尽快地补足。长耳朵货,你给俺加油啊!黑娃在心里呐喊着,从百货棚里钻了出来。

"他娘的,美美地吃它一顿再说!"黑娃打量着路边一溜儿排开的十多个饭棚,鼻子由于受到种种香味的刺激而不住地耸动着,向一个羊肉汤锅大步走去。但他转而又想,不慌,既然如今时兴了"饮食专业户",不再是国营大食堂独家生意了,那俺黑娃也得挑挑拣拣,把这十几个饭棚挨个儿看看,要吃就认准最好吃、价钱最公道的,开饭铺的还得对人和气,见了俺不露露笑脸的,别想赚俺黑娃的钱!他从北到南地察看了一遍,又渐渐感到惶恐,似乎每看到一种食物,心里便立即冒出五种以上不应该吃的理由。就拿那家挂着名厨海某某招牌的羊肉拉面来说,海师傅的拉面表演确曾使黑娃眼花缭乱,甚至在心里连连叫好,但他继而又想,四两面再拉长还是四两,既如此,何必非吃这六毛钱一碗的"坑人面"不可呢?再比如,那三毛钱一碗的羊肉汤,价钱不能算贵,肉似乎是新鲜的,汤上飘着油,可要是把馍泡到汤里,再用筷子一搅,不就变成一碗咸糨糊啦!谁爱喝这咸糨糊谁只管喝去,俺黑娃没这口福!而这时,他看见了黄焦的锅贴馍,吃这馍要的是"口劲儿",泡到羊肉汤里也泡不烂,一毛钱一个,不收粮票,是一种"好吃不贵"的吃食,但他立即感到嘴里有一颗虫牙隐隐作痛,好像唯恐再受到锅贴馍底儿上那一层硬壳的折磨似的。最后,黑娃在一个水煎包子锅前站住了。包子刚刚翻过身来,包子底儿结着一层油黄透亮的薄膜,羊肉馅儿的香味又是那样的令人难于抗拒,怪不得黑娃娘一提起黑娃没吃过水煎包子就引为人生的憾事,而黑娃爹的榜样的力量是无穷的:"俺爹没吃过水煎包子也活了六十多岁,俺离六十岁还远着哩,这五毛钱才买二十个水煎包子,还是先寄存在这儿,明年吃。"黑娃又向一拉溜儿饭棚扫了一眼,那眼神分明是说,统统地寄存在这儿!

金钱真是罪孽啊!像是故意捉弄黑娃似的,它接连不断地引起黑娃的种种欲念,搞得他陀螺般地团团打转,然后又让他陷入金钱唤起的欲念而又无足够的金钱去实现的烦恼之中。

就在黑娃一再地抑制了物质生活上的种种需求之后,从一块用布幔子围起来的露天场地上,传来了"咚咚锵锵"的锣鼓声。从山东远道而来的武术团就要开始表演。一张入场券只要一毛钱,只是八块四毛钱的八十四分之一,小小不言,不值得一提。于是,黑娃又立即产生了精神生活的迫切需要。我们的黑娃也练过"武把子","蝎子爬"、"拿大顶"、"没底儿跟头",样样都能来两手,对于来自好汉武松家乡的"陈路拳"神往久矣!他决心让自己开开眼界,而且准备把演武场上的精彩场面带回去,给娘学说学说,叫娘高兴高兴。眼看着,黑娃向那张卖票的小桌子跟前走去了。而这时,入场口上方,高高扯起的一条布幔子吸引了他的目光,上边写着"金枪刺喉"、"油锤掼顶"、"汽车过身",还画着表现以上各种惊险场面的彩色图画,比如那幅"油锤掼顶"图,画着一个大油锤落在一位勇士的脑袋上,似乎可以听到"嗵"的一声,油锤上金星飞迸,而勇士的脑袋安然无恙。黑娃挨个儿看了半晌,感到极大的新奇和满足,好像对娘已有了说不完的新奇故事,因而也就没有花钱买票的必要了。倏地,他又离开了售票桌。

这时,天已过午,黑娃十分想念娘做的糊涂面条,就要毅然地踏上归途了。但他捏着分文未少的钞票,又徘徊起来,感到这样双手空空地回去,好像对不起娘的嘱托,也对不起长毛兔的情意似的。他惶惑地停下脚步,坐在那座"名山第一坊"的青石台阶上暗自寻思,希望能够在离开庙会之前,找到一个能使有限的金钱发挥出最大效益的门路。

好像有谁看破了黑娃的心思,在"遥参亭"外的一幅广告牌前,两个小伙儿正在指点着说:"这花钱不能算多,可是要啥有啥!"

"走走,咱也'美一回'去!"

黑娃纳罕地跑过去,看见广告牌上写着:"彩色快照,化妆摄影。随照随取,画面新颖。西装旗袍,任意选用。弹簧沙发,天然布景。对座饮酒,多样表情。中岳留念,诗意无穷。"

这时，一位梳大背头、戴墨镜、穿人造革拉链夹克衫的青年摄影师正高高地站在花坛上，举着一部照相机，对围在花坛前边的人群说："这是最新进口的美国机子，照一照，十年少，找对象的年轻人照这最好！"

围观的围女们都"吃吃"地笑了。

人群里有人介绍说："错不了，这可是地地道道的美国货。他大哥是那大工厂的采购员，常驻广州，是跟洋人、洋货打交道的。"

黑娃觉得摄影师面熟，就近一看，这不是那个开"流动照相馆"的嘛？两年前，还见他戴个破草帽，在一辆破自行车上挂着营业执照，脖子上吊着一个方匣子照相机，游村串乡，扯着嗓子喊叫："谁照相？谁照相？"两年不见，可就鸟枪换炮啦！

黑娃向花坛上望去，只见那里摆着一对沙发，沙发中间夹着一个茶几，茶几上放着一个长脖酒瓶，两个高脚酒杯，一束塑料花，一盘蜡制苹果，一部"拨号"电话机，一把陶瓷小茶壶。花坛旁边树杈上，挂着西服、领带、料子裤、旗袍、毛衣、连衣裙、皮挎包、花阳伞。树下摆着半高跟女式塑料鞋、"三接头"男式大皮靴。两个大小伙子已经换上了西装革履，正在打着领带，傻乎乎地相视而笑。黑娃认出，这是邻村从豫东请来的两个烧窑匠，前天才出了一窑叮当响的好砖。要不是树下扔着被窑火烧得大窟窿、小眼睛的破褂子，要不是他俩的梳不平的头发里藏着煤灰，黑娃差点儿把他俩当成来中岳庙观光的外宾。

黑娃正愣愣地望着，两位烧窑匠已经登上花坛，在沙发上相对而坐，毫不含糊地做碰杯饮酒状。摄影师对准镜头，说了声："笑！"烧窑匠立即忍俊不禁，咧开嘴儿笑了。"嚓"的一声，"好！"摄影师当即取出白色底片，玩魔术似的，向人们晃动底片说："变，变！"底片上迅速显影，瞬间，一张彩色照片已经呈现在人们面前。

西方的光学技术对中岳嵩山之下的年轻山民们立即产生了巨大的诱惑。大家蜂拥而上，睁大眼睛审视着，仰着下巴惊叹着，烧窑匠大声喊叫着："嘻嘻，咱俩算是'美'了一回！"

黑娃也满头大汗地朝前挤着，想就近看看相片，不幸被踩掉了鞋子，只好败下阵来，掂着鞋子寻思：这"美一回"可真是"美一回"呀！吃的、喝的、穿的、用的，相片里全都有啦，还是"自来彩"！娘说得老好："想吃啥，吃！想穿啥，穿！"难道只兴俺张黑娃辛辛苦苦喂养长毛兔，剪下一寸七的特级纤维，给你们外国人做那啥"开司米"的花毛衣，就不兴你们外国人为俺张黑娃服务一回吗？不中不中！你这美国造的照相机也得为俺中华人民共和国不大不小的公民张黑娃"咔嚓"一下，俺也得"美一回"，"美"定了！他继而又想，不慌，我得先看看这彩色相片成色好不好，看看这美国货坑不坑俺中国人。他又提上鞋，挤了过去。

这时，摄影师趁烧窑匠更衣的机会，重新把相片举在手里，宣传着彩色快照的光学原理及其无比的优越性。黑娃忍不住把手伸过去,说:"照相的,把相片给俺看看!"

摄影师瞅瞅黑娃,又瞅瞅黑娃的手,忙把相片收回去,说:"不敢不敢,你这手一摸,得留下五个指头印儿!"

人们哄地笑了。

"你说啥?"黑娃当众受辱,脖子也涨红了。

"啥?"摄影师揶揄说:"人家的相片,再看也是人家的,你想看,就自己照一张。"

黑娃大声说:"照就照!"

摄影师提醒黑娃:"小老弟,照这相,三块八一张,先交钱。"黑娃觉得耳朵里"嗡"的一声。但那诧异和嘲笑的目光又使他涨红了脸庞,他"唰"地从兜里掏出两张二元钱的钞票,以破釜沉舟的姿态,把钞票摔到开发票的小桌子上,"啪"地拍着胸脯说:"你给我照!"

摄影师先是骇然相视,继而肃然起敬。看热闹的人们也都收敛声息,对这个穿着补丁袄的小伙儿刮目相看了。

当黑娃把钞票摔到桌子上的时候,他心里猛地一沉。但他望着人们瞠目结舌的样子,又感到无比的快意。

"穿哪件衣裳?"摄影师热情地询问着。

黑娃向树杈上瞭了一眼,指着一件蓝色西装上衣说:"就要它!"又指着一件翻领毛线衣,"还有它"!

在人们不知是惊讶还是羡慕的目光下,黑娃从容地脱下了补丁小袄和沾满汗污的小布衫儿,勇敢地袒露着正在发育的结实浑圆的肌肉,赤膊站在阳光下,像是向人们炫耀,看看,好好看看,这才是真正的黑娃呀!穿戴时新的人们啊,你们都扒了衣裳,跟俺黑娃比比肉吧,这可是俺自个儿长的,咱不比身外之物!然而,当摄影师热心地帮助他,把毛衣、西服、呢子裤等"身外之物"堆砌在他那健美的躯体上时,他还是感觉着一种进行了一次报复的得意。

"系领带吗?"摄影师双手比画着问。

"系上!"

在众目睽睽之下,焕然一新的黑娃,面不改色地登上花坛,从容不迫地在沙发上落座,身子颠了两下,对沙发的弹性表示满意,用庄严的目光环顾了人群,又打量着茶几上那部做道具用的电话机,干咳着,清了嗓子,忽然抓起电话机的话筒,大声喊叫起来:"喂喂!你是俺娘吗?俺是黑娃呀!俺在中岳庙给你说话哩!俺是问问你,晌午做的啥饭哩?啥?蒜面条?鸡蛋卤?中,中!先搁锅台上晾着,俺一会儿就坐直升飞机回去……"

围观的人们先是愕然不知所云，继而明白了这是黑娃的即兴表演，一个个前仰后合，哗笑起来。

黑娃很满意这番表演的戏剧性效果，兴之所至，信口开河，又冲着话筒喊叫："美国！美国！你听见没有？俺是中国的黑娃博士，听说你们那彩色照相机不赖，俺今儿个也照一张试试，验验质量。啥？质量老好？那俺丑话说前头，要是没照好，得叫你美国赔俺！"

黑娃绷着脸，又说了一句谁也听不懂的外国话，"叭"地放下了话筒。

人们早已笑得直不起腰来。"咦咦！"一个戴草帽的老汉捂住肚子、跺着脚说，"这小伙儿，咦咦，他可真做得出来……"

黑娃显然是打电话打累了，他仰脸靠在沙发上，懒洋洋地掂起那把细瓷小茶壶，嘴对嘴地发出"哧溜儿、哧溜儿"的声音，又放下小茶壶，把苹果、酒瓶移至脸前，一手执酒杯，一手抓苹果，露出"万物皆备于我"的自满自足的神态，仰脸做饮酒状，说："照啊！"

摄影师一直惶恐不安地望着黑娃的表演。我的爷！他在想，我咋碰上这样一个泼皮货呀，他千万别把我那蜡制苹果囫囵个儿地吞下去呀！而这时，在黑娃的一系列"慢镜头动作"过后，举杯欲饮，又恰合时宜地来了个"定格"。

"照啊照啊！"黑娃催促着。

摄影师终于从心底嘘出一口气来。他感到，这个泼皮的、富于想象力的顾客已经引人入胜地为他做了一回"活广告"，连忙摘下自己戴的墨镜，送上去，说："戴上，戴上这照！"

黑娃望望墨镜，想起了毛驴拉磨时戴的"碍眼"，便摇着脑袋说："免啦免啦！"

"笑笑！"摄影师说。

黑娃想起毛驴，想起他已经充分利用了"美一回"给他提供的一切享受，也想起他穿的这件毛衣，说不定就是那啥"开司米"织的哩！不由得绽开嘴唇，开心地笑了。

"嚓！"

当黑娃脱去西装，重新换上破袄的时候，摄影师已经把刚刚显影的彩色相片呈送到黑娃面前。啊呀！相片上的黑娃，是那样的英俊、富有、容光焕发，庄重的仪态、嘲讽的眼神、动人的微笑，好像是为着某一项重大的外交使命，出现在某一个鸡尾酒会上似的。背景却是中岳庙的天中阁，红墙绿瓦、雕梁画栋、古色古香。

黑娃愣愣地望着相片，那眼神好像在问：这一位果真是俺吗？但他很快便确认，这就是本来的黑娃，或者说，这就是未来的黑娃。评论家也说，相片之外的黑娃不过是黑娃的暂时的"异化"罢了。这样，美国政府也就避免了一场要求赔偿损失的贸易纠纷。

赶会的山民们都被这照片里的奇迹惊呆了。那位戴草帽的老汉,再三地将相片内外的两个黑娃作了对比。"噫嘻!"他使用着在中岳嵩山之下保留至今的一个文言叹词发表评论说,"只要有好的穿戴,人人都有富贵之相啊!"

黑娃为今日赶会的一个意外圆满的结局感到满意。他一边走,一边乐呵呵地把相片高高举起,不住地转动着身子,向四面八方展示着相片,让人们一睹相片上那位黑娃的风采。

"你……同志等等!"摄影师从黑娃身后赶上来,手中晃着两角钱的钞票,说:"找给你钱。"

黑娃这才发觉自己的疏忽,但他望着摄影师满脸赔笑的样子,想起他刚才的拼命巴结劲儿,不由得可怜起他来,便以使自己也大为吃惊的慷慨大声说:"这钱俺不要了,送给你喝碗面条吧!"

"那咋能?那咋能?"摄影师忙不迭地把钞票塞到了黑娃兜里。

"你照得不赖!"黑娃郑重地给予精神的鼓励,又热情相邀,"有空儿去俺家坐坐。"

"一定一定!"

当黑娃挤出人群的时候,有人在他背后议论:"这小伙儿看着面熟。"

"不错,咋看咋像县长他二小子,别看穿的窝囊,那是他爹叫他忆苦思甜哩!"

黑娃任凭人家议论,径自兴致勃勃地走着,把相片捧在脸前打量着。他感到满足而且激动。他想着,娘见了也会高兴,因为他给娘带回去的,是一个五颜六色的向往,一个黑娃"吃得穿得"的证明。但不知为什么,当他重新把右手插进袄兜的时候,他的心却在"怦怦"地跳动,伴随着莫名的惆怅。

黑娃走出庙会,不觉登上了山坡。远望家乡的村庄,他想起了他的长毛兔,说不定那两只母兔已经生下了两窝兔娃。他得赶紧回去扩建兔窝,垒成两棚楼的,通风向阳。他又仿佛看见,爹正弯着腰,蹲在往年只准种红薯的那块"责任田"里,一边栽着烟苗,一边掰着指头念叨:"西乡那种烟的人家,一亩烟有挣上八百多块钱的,俺这三亩烟能挣多少呢?"

黑娃想着,心里又踏实了。他再次掏出彩色照片,审视良久,忽然对相片里的他说:"我说你呀,你好好听着,再过两年,咱来真格的!"他又回头望着山下的庙会,望着那鳞次栉比的货棚、饭铺,大声喊叫着:"你们——统统地——给俺留着!"

"留着——留着!"群山发出了回声。

穿过盛开着油菜花的田间小路,黑娃哼着梆子戏,飞快地回家去了。

发表于《上海文学》1981年第7期

张一弓

1934年生于河南开封一个知识分子家庭。祖籍河南新野县。1982年加入中国作家协会,现为河南省作协荣誉主席。

20世纪50年代开始小说创作。出版有中短篇小说集《张铁匠的罗曼史》《火神》《死吻》《流泪的红蜡烛》《犯人李铜钟的故事》,长篇小说《远去的驿站》等。小说《犯人李铜钟的故事》《张铁匠的罗曼史》《春妞儿和她的小嘎斯》分别获1980年、1982年、1984年全国优秀中篇小说奖,《黑娃照相》获1981年全国优秀短篇小说奖。

烟王与小寡妇

郑电波

他叼着大头棒一样的旱烟,斜斜地翘向天空。猛吸:"吱——"卷烟纸就红红地亮,然后暗下去,一大团烟灰就滚落下来,掉在他那圆鼓鼓的小腿上,粗壮的汗毛上,窣窣地抖。"噗——"他吸足一大口烟之后,就用劲吹出来,腮鼓得很胀、很紫,团团的脸就像吹火的猴子。他的头刮得很光,大体像个方的,眼很圆,眼睫毛很黑很密,一掮一掮地像河蚌。他的下巴颏儿很短,用劲喷烟的时候,下面便如青蛙肚子一样鼓起来。

"呔——烟王!"

一个年轻庄稼汉子把一只脏脚蹬在他发亮的黑棕色的脊梁上。他知道是同村人在逗他,头也没扭,把屁股下面坐着的鞋往前挪挪,又狠命地抽烟了。这回他咳嗽起来,脸憋得像个紫茄子,嘴唇发乌。

他睁开了眼睛,眼角里有了黏黏的泪,两条卧蚕眉挤在一块,中间就有了两三道深深的褶皱。

脊梁上的脏脚蜷了回去,他的眼珠子向后斜、斜,眼角里就斜出血丝来。当他望见烟叶车子后面那个蓬头垢面的女人时,眼珠儿就定定地不动了。那是他的相好的——年轻寡妇枣花儿。

她，三十五六岁，削肩细腰，大屁股深陷在两寸多深的暄土里，两条粗腿叉开，平伸着。她疲倦地垂着头，透过额前的乱发，可以看见她那纤秀的鼻子和脸颊上的汗泥道儿。

卖烟叶的车子像长龙一样，弯弯曲曲地从那不可知的外面延伸过来。在收购站的门口拐了个死弯，就直直地爬向过磅亭子。

太阳越爬越高，火辣辣地撩人。长龙像条死蛇，躺在那里一动不动。这条蛇在这里躺了五天了，偶尔向前拱一下，便停下来不动了，像冬眠了一般。烟王和他的女人枣花儿，在这卖烟的队伍里整整待了四天三夜，现在距过磅处还有五丈多远，五丈多远哪，他娘的！从昨天下午就是这么远，一寸也没挪！一寸也没挪！

烟王望着他的女人，眼神里流露出难以察觉的怜悯和悲哀。他用力从鼻孔里喷气，"噗哧，噗哧"地，就像雄马打响鼻一样。这样他心里大概好些。他忍受不了这种悲哀的折磨。

"唉，你回去吧！"他终于对他的女人说话了。

她没动，就像睡着了一样。

"回去吧！"他吼起来。

她抬起头，怯怯地望他，眼角里的皱纹显得很深，昔日那双亮漆漆的眼珠儿上也似乎蒙了一层尘土。

"不。"她执拗地说。

他们对视了一会儿，他的目光先从她脸上移开了，又"噗哧，噗哧"地打起响鼻来。

他爱这个女人爱得很深。

三年前她的男人得肺痨死了，丢下了这个全村首屈一指的俊女人和一个不满周岁的小女孩娇娇。

娇娇没了爹，村上五六条光棍汉像五六条公狗，趴亮了娇娇家临街的那段一人高的土墙。枣花儿在墙上抹了屎，搭上了蒺藜秧，不顶用，那段墙还是有人扒。有人扒却不敢跳过来，因为这个机灵的女人把她娘从老家搬来跟她做伴儿。烟王却不扒那墙，他从那儿过时总是打响鼻，枣花坐在屋里就能听到。

村里有两个大胆出了名的光棍汉，一个是烟王，一个是狗鞭。狗鞭是村支书的弟弟。有一次邻村死了一个年轻女人，丘在西岗上。夜里，一群汉子在打谷场闲喷，谈那女人，有个汉子把饭碗往地上一放："这会儿谁敢把这碗饭喂那女人，我给他买一瓶'二锅头'。"烟王说："当真？"那汉子说："当真！"大伙来了精神，七嘴八舌地要作保。烟王端起地上的饭碗要去西岗，狗鞭一把扯住了他说，"我也敢！"大伙儿都说，"让他去！让他去！"

狗鞭到底胆量不足,在他走到距那座丘子几丈远的地方,腿就打起抖来,只得蹲下,抽支烟稳稳神。他终于斗胆掀开了棺盖,把碗里的饭往死人嘴里倒,不料那死人竟呱嗒呱嗒嘴吃起来,狗鞭腿吓软了,爬着回到了打谷场里,第二天就病倒了,不过他说他是伤了风。

原来那天烟王跑在狗鞭之前,先掀开棺盖钻到里边,躺在了死人身上,那碗米饭就是他吃掉的。后来狗鞭知道了这件事,心里对烟王就怵三分。

烟王是条好汉,狗鞭也是条好汉。

烟王不扒枣花儿的墙头,狗鞭也不扒枣花儿的墙头。

烟王帮枣花犁田;狗鞭为枣花儿买烟种。烟王为枣花浇地;狗鞭为枣花买化肥。枣花对烟王好,对狗鞭也好。

太阳烤着烟王的脊背,顺着那粗壮的汗毛流淌出汗来。他不再抽烟了,也不再打响鼻,厚厚的眼皮垂下来,无精打采地盯着自己叉开像耙齿一样的脚趾。这双脚在烟田里是不穿鞋子的,即使春日在那风干了的坷垃上行走,他也不穿鞋子,五趾叉开,"噗嗒,噗嗒"走过,像砖块一样的坷垃就在他脚掌下碎裂了。这双脚给烟王争气,冬天不穿袜子也不冻脚。现在它清闲了,却显得萎靡不振,脚背上的汗毛紧贴在肉皮上乍不起来,趾缝里藏满了污黑的汗泥。他用食指一点一点地抠,抠下一团,揉揉,就用力弹出去,弹得老远。他的手有些变形,指骨节很大,五指并拢时,指缝里能掉下豆子。他的大拇指很粗,很短,指尖像鸭嘴。虎口里有几道很深的裂子,那儿硬得很,也粗糙得很。这双手是他烟王的骄傲,犁、耧、锄、耙、扬场、放滚且不必说,它还可以编织芦苇席子和草帽辫,种烟使它在整个围子村出了名。同一块地,别人的烟苗只有小雀那么大时,他的烟叶已长成大雁的翅膀,风一吹,一扇一扇地涌动。晒烟时搭烟架子,它扎成的架子就不一般,日照时光长,夜露打不湿,大风刮不倒……他种的烟,亩产量总是比别人家高出一大截子来,因此他得了一个烟王的美名。这双手还无数次地抚摸过枣花那丰满白腻的乳房和粗腿,那是他销魂的时刻。

烟王抠完了脚趾上的汗泥,就百无聊赖起来。他困得要命,想打个盹,却不成,烦躁得很,太阳穴处的青筋嘣嘣地跳,他总想用指头狠命地抠什么。

卖烟的队伍里弥漫着焦灼和狂躁,烟农们都是疲惫不堪的样子,有人用褂子蒙住头,扒在烟车上打呼噜;有人嚼着干裂的馒头,就着浓重的牲口尿骚味和汗臭,慢慢地吞咽。

烟王站起来,向过磅亭子那边观望,还是不见一点动静,过磅收烟叶的人不知在干他娘的啥。据说烟叶收购站收购多少没有跟站上的利润、工作人员的奖金挂上钩,县里又不许他们停收,于是站上的人就磨他娘的蛋了。烟王昨天眼望着一些不排队的主儿,从后面拉到前面去过磅,他的眼睛都气红了,想闯到前面去闹他娘的,被枣花拖住了。咳!他也知道,只要他一闹就会砸锅,今年的烟叶就甭想卖了,那些吃官饭的家伙都是不讲理的货,只要谁得罪了他们,不是把一等烟叶给你降到五等,就是找岔子根本不收。

太阳向西歪脖子的时候,卖烟的队伍骚动起来。烟农们从地上爬起,拍打着屁股上的尘土,挺直脖子向前张望,一对对瞳仁里亮亮地闪着火星星。前面开始过磅了,一辆辆车子都往前拥,车杆捅着了前面的人屁股,驴屁股,就"噗咚噗咚"地蹄起来,就尘土飞扬。就有人骂,骂得血唬,八辈祖宗、妹妹姐姐都骂了,大家都红了眼,红眼互相望着,想打架,可都不打,往前瞅。那里有个汉子把车上的烟叶搬到磅秤上,激动得腿直打哆嗦。

"四等——"验收员沙哑的嗓音飘过来。

那个腿打哆嗦的人,又用劲哆嗦了一下,把烟叶扛起来送进了后边的仓库。完了。那汉子从小窗口里得到了一大把乱七八糟的票子。他一边往回走,一边蘸着唾沫数,眼睛红红的。排队的人,都看他手中的票子。

卖烟的队伍骚动得更厉害了。烟王还在地上坐着,把脚趾缝里的汗泥抠干净,把干土撒在趾缝里,使劲搓,搓得脚趾上面的硬汗毛都乍起来,才拍拍手立起身子,向前瞅。瞅着瞅着他的眼睛就红了,咬紧了牙骨,黑紫色的嘴唇裂开了,露出了黄色的牙齿和牙根。

他又看见有人加队了。

"一等!"验收员沙哑的嗓音又飘过来。

"闪开,闪开!"烟王屁股后面有人拖着长腔吆喝着挤过来。原来是狗鞭,他扛着一大捆烟叶往前闯,过厅那边有工作人员向他招手,烟农们就闪开一条路。

烟王腮上的咬肌,一鼓一鼓地胀。

狗鞭在蹭过烟王的身边时,得意地哼哼着,还瞟了烟王两眼。烟王扬起头,眼睛望着天,短短的下巴翘着,狗鞭一走过烟王就扭过头来,眼珠子斜向后面瞅他的女人。枣花儿两条腿叉开站着,嘴角裂口子的地方渗出了血,她像走了魂儿一样,傻痴痴地望着狗鞭那一扭一扭的屁股。

烟王心里像被猫咬了一口,痛苦使他战栗。过了一会儿他终于稳住了身子,像雄马一样打起了响鼻,并且叫道:

"枣花儿!"

这声很有爆发力,可音尾部分就弱了,显得有些凄惶。

枣花儿望望他,脸上泛了一下红潮就垂下头去,接着蹲在地上,两手倦倦地搓了搓脸。

这两年烟王和狗鞭在村里各显神通,都成了富户,不过狗鞭远胜烟王一筹。狗鞭向山西倒卖粮食,赚了不少钱,他哥跟工商所有关系,工商所让他在村里开了一个杂货铺,又赚了不少钱。烟王虽然是全村种烟的好把式,挣的钱却抵不上狗鞭的零头,烟王是千元户,狗鞭是万元户;烟王盖了三间浑砖瓦房,狗鞭都立起了两层小楼。他们都对枣花儿好,不过狗鞭比烟王更慷慨,烟王只帮枣花儿种烟,狗鞭却给枣花儿买了台缝纫机。

有一回烟王发现狗鞭卖的酱油醋里兑水,砸了他的招牌,狗鞭拿起了棍子,烟王抽出了刀子,狗鞭就怯了阵。

两条好汉翻了脸,枣花儿哭了一场,把缝纫机还给了狗鞭……

一个细雨蒙蒙的日子,在烟田里,狗鞭把枣花按在地上,扒下她的裤子强要作欢,恰被烟王撞见,打了他个腿骨错位,瘸了仨月,但狗鞭并不臣服于烟王,背后扬言要和烟王决一雌雄。

狗鞭一捆一捆地把烟叶搬到前面,枣花儿红着眼圈儿望狗鞭,狗鞭也看枣花儿,眸子很亮,很野,似笑非笑,下巴油光光地亮,大概他中午下酒馆吃了烧鸡,鸡油抹到了下巴上。

烟王把手卡在腰里,扭着脖子看烟囱,看一会儿眼珠就斜下来看枣花儿,然后就像红炭烧了他的肺一样,身子一抽,呼吸就不大顺畅了。

"我说爷们,帮、帮帮忙吧。"烟王听到身后有一个汉子可怜巴巴的声音。

"好说,"是狗鞭的声音,"你拿这个数,一斤手续费一毛。"

"不、不,太多了。"那个汉子呜呜地说。

狗鞭的声音:"你吃不了亏,我让你卖这个价儿……"

烟王猛地转过身来,死盯着狗鞭,"呸!"一口唾沫吐在脚下,干土上砸出一个湿坑坑。

狗鞭年年在卖粮、卖棉、卖烟季节发不义之财。他跟收购站上的人熟,常跟他们喝酒,也舍得向他们家里送东西。当然送的远不足得到的零头。烟王最恶心,最看不起狗鞭这点。狗鞭以前干这种事都是在暗里。比如,先在村里低价收购,然后凭着他与收购站上人的关系卖个高价。现在他明目张胆地敲老乡亲们的竹杠来了,是这样放肆,烟王不由得怒火燃烧,他的拳头攥得咯咯地响,小臂上的肌肉楞子都鼓了出来。

那个瘦瘦的汉子算计了一下,一咬牙叫了一声:"我认了!"然后就解车上的绳子。

"闪开、闪开!"狗鞭扛起一捆烟叶,叫喊着向前走去。磅台上,一个带红袖章的工作人员向他招手,对他笑。

烟王差不多气晕过去,打着哆嗦用报纸裹了一支大头旱烟,跐蹴下身子猛抽起来。他的眼睛死盯着地上一片湿漉漉的驴尿,好久不再抬头。

烟王沉默了,额头上冒出了油汗。他悠悠地抽烟,不再用劲吹。他想起一个

说书艺人说的北侠欧阳春……"他娘的,他奶奶的,如果这时候欧阳春那家伙'嗖'地从那黑烟囱上跳下来,旋风一般奔向过磅的亭子,'当啷啷'抽出腰中的三尺剑……"

他笑了,咂巴了一下嘴觉着很有意思。

他扭脸望望自己的女人,她还叉着腿立在那儿,车上空了。她眼睛木呆呆地望着空车上的烟叶末子,手里攥着一把票子,烟王立刻明白了是怎么回事,一下

跳起来,抓死了枣花的肩头:

"你让他卖了?"

"他,他,他说不……"

"啪!"烟王一怒之下捆了枣花儿一耳光,很重,很响。

枣花儿腿一软,蹲下身子呜呜地哭起来……

这时,大门口那里乱哄哄地闹,烟王抬头望去,见两三个穿戴讲究,胸前提溜着照相机,肩上扛着黑匣子,吃官饭的人,一挺一挺地向这边走来,走几步,停下来,对着卖烟叶的人"啪啪"地扣扣手里、肩上的玩意儿,还有一个小灯一闪一闪地贼亮,比太阳光还亮。

烟王是个见过世面的人,他拉煤曾在城里歇过脚,知道那个穿西装的家伙脖子上挂的是照相机。他估摸着这是上级派下来的人,思忖了片刻,扫了哭成一团的枣花儿一眼,牙一咬,心一横,从兜里摸出火柴,擦着一根往烟车上一扔,烟叶立刻燃烧起来、瞬间大火冲天而起,浓烟滚滚……

周围的烟农怕大火燃着自家的烟叶,纷纷把烟车拉到一边,烟王的周围空成一个场子。他立在燃烧的烟车旁,一动不动,火光映得他的脸像红铁块……

有人喊:"救火呀——"还未等人们反应过来,烟王抬起手,举,举,举过头顶,那样子好像要喊什么,却什么也没喊出来。

枣花儿哭喊着疯一般扒向他,被他一掌推倒在地,然后对着拍照的人吭吭哧哧地说:"照,照呀!照下来,上报纸!"

两个拍照的人远远地立在人群里,愣住了。

烟王向前迈了一大步,对围观的人大声说:"爷儿们,这世道不公平,有种的跟我去找县长,县长是个清官……"

原载于《萌芽》1986年第5期

郑电波

曾用笔名:一风、龙渊等,号澄空无际。1956年11月生于河南省南乐县后五楼村。1994年加入中国作家协会,现任中原农民出版社文学编辑室主任、副编审。

1982年开始发表作品,已出版小说集《疯爱》《故里烟霞》;心理学专著《爱的挣扎与理性》《情欲本色》;哲学专著《智愚之门》《安详之门》《辉煌之门》;报刊专栏连载作品《智者说》《感觉论》《人生短语》《人生慧音》等;诗词集《无边月色沐层楼》;儿童长篇小说《英雄之世》《铜房子从暗空飘过》《板牙怪的阴谋》等。

砍 树

矫 健

杀树如杀人。这是句老话。现在这句话又当真了。我常去西峰县,那里的树都立了"户口",谁若无端砍树,要罚款,要惩办!

人世间杀人的办法很多,有时候破案却很难。砍树也是如此,砍得高明的,你就拿他没办法。听说有那么一种办法:你用斧子(手锯亦可)在果树的主干上转圈儿砍,砍断韧皮,但别伤木本,树不死,第二年果子大丰收。然而,以后几年果子就会大减产。这是一种杀鸡取蛋的办法。拿那句老话说,便是杀人不见血!

西峰县南端的大沽河旁,有一个村庄,名字很有趣,叫"三不管"——不知什么意思。那里苹果、山楂、柿子都挺出名。村上有个人,名字也很怪,叫"别扭"。他浑身有股子说不出的别扭劲,话不多,句句呛死人。夏夜,人们坐在石板桥上听老人说古。别扭就蹲在桥头,嘴里咬着烟袋,竖着耳朵听。老人说到诸葛亮,他冷不丁地问一句:"诸葛亮他爹叫什么?"老人瞪着两眼,答不上来;反问他,他张口就答:"叫朱洪寇"。老人讪笑着告诉他:诸葛亮姓诸葛,不姓朱。他也反唇相讥:"吕提金(老人的名讳)姓吕提,不姓吕"。桥上便有人哧哧地笑起来,用很小然而很清晰的声音说:"驴蹄!驴蹄!"这位"驴蹄"老汉气得夹着小马扎子就回家去了。

别扭现年四十一岁,瘦长的身材,还算结实,遗憾的是左眼有点儿斜视。这双斗鸡眼抬杠吵嘴时最管用,左眼珠往鼻梁那边一轱辘,露出老大一块眼白,怪吓人的,很能增添语言的杀伤力。

其实,别扭的性格也可以归结为他有独立思考的能力。他看事儿和别人不一样,但村里人都佩服他精明。他有四个孩子,一个老妈,全靠他一条汉子挣工分。穷极时,没有点灯油,就烧胶皮鞋底照亮。他就凭着这别别扭扭、与众不同的办法,到底把一家人养活了,并且没怎么挨饿。怎么能不让人佩服呢!

这里要说的是高级砍树法。

1981年,胶东开始搞包产到户。在别扭看来,这可真是个发财的好年头。他先是包下十二亩果园,又分到七百元生产基金(是把共积金、公益金分了!)。便独自思量:哈,生产队真要散伙啦!那可得狠狠捞一把……

说句公道话,别扭不是个好社员。前些年"三不管"是县里学大寨先进典型。人家思想都挺先进,他就偷偷摸摸地坑集体。他上山拾草,总是拣小松树砍上几棵,剁成一截一截的。山有山规,当然不许砍树;但别扭会包"包"。所谓包"包",就是先用笊笆搂一网包草,再在草中间扒个窝窝,把一截一截的小松树埋在里面——包里做包。不过,一般人包了"包",用笆杆撅着网包走一段路,网包就挤扁了,看山的一眼(那是鹰一样的眼啊!)就看出来了,上前夺下网包,把草倒出来,踢你两脚也得挨着。别扭可从不吃这号亏,他不知怎么装草的,网包总挤不扁。我走路走得也好,尽量不让网包往脊背上挤,别跑、别跶,走得平平稳稳的,迎着看山人的目光走过去,脸不变色心不跳。得,你还倒不倒?看山人当然怀疑别扭喽,一个村住着谁不知道谁?但他们不敢轻易去倒别扭的网包。别扭整过他们。有几次,他故意少装些草,网包不满就往家走,脊背一挤,网包就扁了。看山的一声呼啸,从道边树丛里跳出来,夺下网包就倒,结果全是草。别扭双手叉腰,斗鸡眼一翻一翻,对着看山的直翻白眼,挺吓人的。看山的自知理亏,只好装上网包,虎归山似地往道边树丛里窜。这时,别扭就一声喊:"回来!"看山的走不了啦。别扭先要和他论理一番,再逼他把地下的草捡净。怎么才叫净?就一根一根地捡吧。"这里还有!那里还有!……"他那双斗鸡眼目光集中,非看山的所能比。就这么着,看山的叫他整得像只驴蹄子似的!想一想吧,以后别扭好端端地背着一包草,你还敢叫他倒?

别扭胜利了,他可以放心大胆地干了!满山的松树苍苍郁郁,别扭的斗鸡眼里闪着贪婪的光。别扭砍树心可真狠,先用柴镰在根部用力砍几下。再纵身一跳,握住树梢往下扳。小松树呻吟着,用它全部的韧劲抵抗着;别扭则红了眼,直把松树扳倒地下,嘴里"嗨呀嗨呀"地喊着,脚在树干上猛力一跺,只听"咔咔嚓嚓"一响——一棵胳膊粗细的、正在茁壮成长的松树就断了。山谷里的风呜呜地响,松树林似乎在悲鸣。他把松树截断,再破开,散乱地摊在草丛里。雪白的木茬上一会儿渗出滴滴松汁来,好像眼泪。别扭却掂着柴镰,喉咙里"吭吭"、"吭吭",一双斗鸡眼又去搜寻别的小松树了……

多可惜呀!这些松树若是再长长,成了材料,能派多大的用场?能值多少钱?别扭把它们截成柴火料,偷偷摸摸地带回去,晒晒干,再流大汗推到几十里外的水集镇上去卖,一斤才值四分钱!不过这里面有一个重要区别:这四分钱是他自己的,满山的树就是值四千四万,到头来还不知落到哪个兔崽子腰包里去!人常说:大河满了小河流,锅里有了碗里有。别扭不信这套,他说:锅里有了不算有,分到碗里算半有,吃进肚里才叫有——确切!吃到肚里长成肉,再不怕上边来最新精神了。这也许是别扭思想方法的独到之处。

别扭还有好多事迹:用雷管炸水库的鱼啊,偷地里的嫩苞米啊,往裤筒里装花生米啊……总之,别扭就是用这种方法把家里那一张张无底洞似的嘴巴填满了。除了填洞,他不知道世上还有什么事情好做。

这么一个社员,很自然地把落实生产责任制看作分生产队家当了。他贪得无厌,对什么事情都拿他的传统眼光看:政策一阵风,今往西来明往东。别扭自以为心如明镜,三天两头往支书家跑,逼着支书分这样,分那样。

三不管的支部书记叫李得宽,也是个很有意思的人物,他是一只笑面虎,开开玩笑就咬人一口。他不长胡子,胖脸像白面团团,一笑两眼眯成缝,好像用一根席篾在面团上划出两道线线——好善相。别扭可知道他那善心眼儿!大炼钢铁那会儿,别扭刚结婚,得宽来贺喜,捎着看看还有没有废铜烂铁。别扭把喜烟喜糖递上去,得宽喜眯眯地吃着抽着,在三间房里踱来踱去。他手里拿着一把螺丝刀,把铁锅敲得当当响,别扭的心都提到嗓子眼上啦!得宽思忖一会儿道:"人是铁饭是钢,留着铁锅好做饭……"别扭赶快往他嘴里塞一块糖。得宽笑得更甜了,他走进里屋,细细打量了新娘子一番,又把目光移到大柜上。他转过身,用螺丝刀戳着大柜的铜鼻儿,说:"这有什么用?这有什么用?"铜鼻儿被螺丝刀划出一道白杠杠,别扭急得答不上话来。得宽毅然下了决心,说:"贡献了吧!……"那螺丝刀插到铜鼻儿后面,用力一别,"咔嚓嚓"一声,铜鼻儿带着好大一块木屑掉在地上。别扭顿时流下泪来,斗眼一翻喊道:"你把大柜扛去一块儿炼了吧……"这个得宽,崭新的大柜,他倒下得手去!临走,他还自己剥了块喜糖笑嘻嘻地填进嘴里……

插几句闲话。我听别扭描述这段往事时,忽然对他杀人般的砍树行径原谅了几分。小松树只卖四分钱一斤,铜鼻儿、大柜又卖了多少钱呢？在中国,价值观念有时候不起作用,别扭砍树心是太狠了,不过得宽撬铜鼻儿手也不软,他们算较了个平手。原谅他们吧,一笔糊涂账!

得宽如今可不好过。他是真正爱社如家的,因为他是当家人。在他的感觉中,山峦、土地、机器、房屋都是他亲手置起来的家当,是他自己的。把地分下去,让社员自己说了算,他当然不高兴。其实他的经济收入并不减少,上级有规定:大队主要干部拿整劳力全年收入的百分之八十为工资(也可以理解为补助)。他自己勤快,还包了几亩果园,能拿双份收入。要混日子也好混,双手一甩,凡事不管不问,也不是说不过去,因为现在责任都落到农民身上了,他用不着趴在喇叭头上哇啦哇啦地喊,生产的车轮照样往前转。然而不行,他老觉得心里挺委屈的。上级来了新政策,他满肚子不高兴,可是又不敢顶,只好撒开两手让社员们去分集体的家当。这就像个管不住孩子的老人,袖着手在旁边看孩子们分家,嘴上不言语,却心酸极了。所不同的是,他心底还有一丝幸灾乐祸的情绪:"看看最后闹个什么样儿!"

他是老了,人胖,爱打盹。过去,他把队上出工开会敲打的钟,挂在自家门前的大槐树上,每天清晨亲手把钟敲响。现在,他把钟摘下来,扔在院子角落里。他觉得自己像这只老钟一样,再也没有用场了。白天没事情,得宽坐在大队办公室里,双手一抄,便昏昏沉沉地睡过去。蒙眬中,他看见许多过世的老人。傍晚,得宽喜欢到大沽河边溜达溜达。夕阳懒懒地沉落下去,霞光无力地照射在大沽河上。得宽眯起小眼望着哗哗东流的河水,沉重地叹一口气。谁比他心里更清楚呢？他是过去那个时代的干部,好时光像河水一样流去了,留也留不住……

一天晚上,得宽回家,碰见别扭在他门前的石碌碡上蹲着。别扭虎着脸问:"这是怎么整的,生产队要散伙？不走集体道路啦？"这家伙抢先倒打一耙,自己变成"左派"了。

"谁说不是呢,我都叫上边搅糊涂了!"得宽笑嘻嘻地说。

"我看你就是糊涂!上边叫分,你就这么个分法？社员们还有多少困难没解决,你们当官的到底是不是真心让咱富起来？"

"对哩,你说再怎么个分法？"得宽好像练太极推手,就着劲儿跟过去了。

"分牲口!"这一棒才叫打个正着。别扭早看好牲口栏里那一排膘肥肉胖的驴、马、牛了,"没牲口你叫俺怎么耕地？"

"有道理,有道理。"得宽若有所思地点着肉脑瓜。

这三棒砸得真痛快!别扭原本就是来探探虚实的,得宽这态度真使别扭飘飘然了。得宽啊得宽,如今你什么章程也没了,变成面团团了!你还拿百分之八十的工资干嘛？干脆把你也分了,社员们剁肉包饺子吃……对啦,别扭还是村上的业余屠夫，家里藏着一把锋利的"八路"刀呢！

过了两天，真的分牲口啦！大家劝别扭留下那头大青骡，他眼一白，脖子一拧，非要那头有病的大黄犍子。他把大牛牵回家，养了几天，牛就不明不白地死了。别扭将八路刀拿出来，剥了牛皮，把肉卸成大块，丢在小车筐里，推到水集镇高价卖了。他干杀牛这行当是把老手，小时候在大沽边摸鱼，从柳林子里捡到一把据说是八路军拼刺刀时丢下的刀子，回家磨磨亮，就舞舞扎扎地杀鸡宰鹅了。以后，村里有了病老将死的牛啊驴啊，都由别扭宰杀，记工分，还自得下货。所以，若有牲口遭到不幸，别扭家就过年了。这对别扭的名声不利，有人开玩笑问他："那老牛辛苦一辈子，你举刀杀它不怕伤天理吗？"别扭反问道："我杀牛只一刀，你们在家剁牛肉饺子馅，剁几刀？你们就不怕伤天理啦？"

不过，这次大黄犍子是吃了一种蛇盘草死的。蛇盘草有毒。

别扭真正放开胆了！这就像一个夜贼变成明火执仗的大盗，兴奋而又疯狂。得宽糊涂了，上级领导都糊涂了！只有别扭清醒：满山的好树没人看，抡起柴镰只顾砍吧！

做过农村工作的人都有这样一条经验：大队基层干部最重要，不管什么样的政策，归根到底都由他们落实。三不管的支书李得宽采取消极领导的态度，实际上就是鼓励别扭这号人翻天。别扭这两天可活跃，也不和人家抬杠了，老是三三两两地串连。他们眯眯眼，做个鬼脸，新章程就出来了：分了牲口，没牲口棚怎么办？生产队的牲口棚都空了，留着干啥？拆了分吧，那个胖得宽笑呵呵地答应了。他反对干什么？分什么也有他一份。

拆牲口棚那天可真热闹！这或许是三不管社员们最后一次集体劳动了。太阳当空照，鸡鸭呱呱叫，好一派喜气洋洋的景象。别扭穿着一件剪去袖子的黑夹袄，高高地站在屋顶上，两只眼睛一斗，聚起一股炯炯有神的目光，正视前方。他感到胸中豪气荡漾，这天下由他说了算！那个吕提金老汉真是丧门星，这时候跑来嚷嚷："你们都不过啦？你们都不过啦？"滚你个老驴蹄子，别碍事！别扭动手揭瓦片了，他干得真利索，好像刮鱼鳞似的，"咔嚓咔嚓"，一会儿揭去一大片——当然，碎的不会少了。看见木梁、檩子时，他们都乐疯了，这才是真正的宝贝！他们急忙中拆不动大梁干脆找了根粗绳套在梁头上，齐心协力动手拉。别扭站在最前面，斗鸡眼斜睨着乌黑的木梁，恨不得把它整根吞了！他的脑袋轰轰响，脸涨得紫红，醉汉似地狂呼大叫："一二——嗨！一二——嗨！"大梁在喊声中颤动，最后终于"轰"地一声塌落下来。别扭扔掉绳子奔过去，双手搂住大梁，身子躺在地上，猴急地喊："这梁归我！这梁归我！"吕提金老汉摇摇头，叹了口气走了。高中毕业的拖拉机手吕飞把胳膊抱在怀里，望着眼前的情景陷入了沉思……

别扭把梁抢到手了,晚上,当他走过得宽包的果园时,听见一场党内谈话。谈话者是支书得宽和新党员吕飞。得宽满肚子火气,没头没脑地嚷:"这怎么怪我?这怎么怪我?"吕飞打断他的叫嚷说:"得宽同志,你冷静些。县委领导反复强调基层领导要做好'统'的工作,你只分不'统',势必破坏生产的正常发展。到时候大家吃了亏,这笔账就会记在党的新政策上。""群众有要求嘛,咱能不听?挫伤群众积极性就记到我的账上啦!""有些落后群众不理解生产责任制的意义,你当干部的不正确引导,他们就会产生一种破坏力量……""我不听!我不听!我干够啦,明年你来干这支书吧!……"

"你娘的吕飞——驴肺!"别扭狠狠骂了一声,迅速地消失在黑影里。

很快,他们把大队的机器也分了。机器怎么分呢?拆了分!别扭分到一只拖拉机轱辘,一条抽水机皮管。他把轱辘送到车行卖了,皮管则藏在放地瓜的屋棚上。他记得六二年那会儿也搞过包产到户,结果四清时连分给社员的马灯也要退赔。这条抽水机皮管就留着退赔吧!这形势,没准儿明天就翻回去喽。

拆机器那天,吕飞站出来演讲了一番。他说机器别分,组织一个专业队,专门为大家服务。他叫大家想一想:若是没了机器,春耕秋收怎么办?排水灌溉怎么办?……别扭疯了似地喊:"留着都是你们的,你们当官的!"这一句话煽起众人压在心底的积火,再没人听吕飞的演说了。吕飞死死抱住方向盘,但被人拖下来,推得他跟跟跄跄地站不住。别扭斗鸡眼一瞄,瞅准了他来回捣动的两只脚,伸出腿去轻轻一绊,吕飞"啪"地跌在地上。这场武打才算结束了。

能分的都分完了,该打算生产了。时已深秋,果园里树叶红黄间夹,在秋风中翩翩起舞。大沽河水瘦了,在沙石河床里缓缓流淌。村里的谣言却到了鼎盛时期,主要是谈包下的地。有人说地很快要收回去;有人说明年果园要重新调整;还有人说,果园油水大,大家轮流包,一年一换……不少人去问支书得宽。得宽把手一摊说:"不知道呀,上级还没来文件。"大家都对他有意见,说他拿着工资(那工资还得从大伙的收入中抽)不工作。他就常常在人多的场合唉声叹气,手拍着胖脑瓜子说:"一宿一宿地睡不着觉啊,怕是落下神经衰弱了……"

村里有一个傻瓜叫李得德的,果园和别扭的紧挨着,他天天往果园挑尿喂果树。人们问他:"你这是干什么?"他老老实实地说:"包给我,就是我的。我想发财……"别扭听了这话,差点把大牙笑掉!你也想发财?你还想下蛋吧?明年责任田再重分,我别扭第一个包你那片果园,你就先出把孙子力吧!

别扭这样想着,心中就生出"杀鸡取蛋"的砍树法了。这天清晨,他来到果园里,脱去外衣,露出一件大红卫生衣来——这是前两天才买的,手里有钱烧得慌。他抡起斧子,不慌不忙不轻不重地砍树皮。这可是件精细的活计,落斧手里要有数,不能砍伤树干——说是砍,其实是啄。这面砍半圈,再转到那面砍半圈。别扭踩着八卦步,就这么围着果树绕来绕去。老远看去,别扭好像在跳一种什么舞。

果园里飘荡着一层白雾,雾气在果树间缭绕,果树那椭圆形的叶片上,挂着许多晶莹的露珠。别扭的斧子落到哪棵树上,露珠便纷纷扬扬地落下来,或伴随着白色的木碴落在黑土上,或直接落到砍树者的热气腾腾的袄领里……

人啊,总有办法向大自然多索取一些东西。但是,大自然怎么会白白给你好处呢?拿把斧子在树干上砍砍,果子居然会增产!这里面固然有科学道理,但它超不出平衡的锁链。大自然对人们的赐予是有一个总量的,你现在预支,将来就会被扣除。所以,更聪明的人应该是理智地索取。

可是,人归根到底也是大自然的产物。这个砍树者正和他所砍的果树一样,他也会结果子——那就是理智、创造力以及人的优良品质。然而在漫长的生活中,他被索取得太多太多了,他需要复原,需要从正面或反面汲取许多许多养料……

太阳升起来了。别扭感到身上发热,燥烘烘的。他把大红卫生衣脱掉,只穿里面那件剪去袖子的黑夹袄。当他把卫生衣挂到树杈上时,忽然看见得宽蹲在地堰上。得宽抄着双手,笑容可掬,满面油光闪亮,叹道:"老弟,这么干,你可要吃亏喽!"

别扭摇着手中的斧子转圈儿,揶揄地笑道:"你懂吗?"

得宽双手一拱,连说:"好好好!砍吧,砍吧……"

别扭的斧子又向树皮啄去,"笃笃""笃笃",手落得更轻,更准,八卦步也踩得更匀溜了。别扭感到一种从未有过的解放感,他竟当着支书的面表演砍树!这个支书笑眯眯地压着他,压了多少年啊!他毁了他那个崭新的大柜,他一次次割他的资本主义尾巴,他对他拥有一切权利!好哇,别扭第一次体会到历史的威力,他脱口而出地宣布:

"你完了!你是过去的支书。如今你不过是个空壳,我用斧子一敲,你就全碎了。"

得宽的身子摇晃了一下。他的心被狠狠地刺伤了。经过一番沉思,他也朝别扭的致命处刺去:"嘿嘿嘿,你呀,也是过去的社员。你那些道道,不用斧子敲就完了。"

别扭气得直翻白眼。他当然不服得宽的话,他不信自己在苦难的生活中积累起来的经验也会被历史淘汰。他不再理会支书,往手心里吐口唾沫,重又举起了斧子。

在这个秋天的早晨,在中国农村发生巨大变革的一天,大沽河边出现了这样

砍 树

一个场面——落后的农民在砍树,支书抄手蹲在地堰上,互相嘲笑着对方的命运,却被同样的命运摆布着。……

　　一年过去了。
　　别扭发了大财。他交上合同规定的钱数后,一亩果园净挣三百多元。这项收入就是近五千元。加上生产队分大家得的钱,再加上其他收入,他差一点就成万元户了。得宽就把他当万元户报上去,他得到县委的奖励:一张"大金鹿"自行车券。别扭得了便宜,一声不响,只管到百货商店把"大金鹿"推回来。
　　但是,上级对三不管的情况是了解的。这年秋天,得宽下了台,新党员吕飞任支部书记。一天早晨,吕飞上得宽家去,把院子角落里那口钟提走了。得宽望着吕飞朝气蓬勃的背影,竟流下两行老泪来。从此,三不管又有了钟声。
　　吕飞费了好大力气,把分散在社员手中的机器零件收回来,组织了一个机械专业组。别扭那截抽水机皮管也被收回去了,虽然他本来就是准备退赔的,还是骂了半天娘。社员们吃了一年没机器的苦头,都骂笑面虎得宽。有人趁机攻击得宽分田不均,嫌远,嫌缺水,嫌合同签得不合理,一时间卷起一股要求重新分田的浪潮。别扭当然最起劲喽,他是乱世英雄!
　　吕飞心里有底。他召开了一个社员大会,清清亮亮地对大家说:分好的土地一律不动。他年轻气盛,说话口气大,胳膊一挥补上一句:"一百年不动!"这话博得了傻瓜李得德的掌声。吕提金老汉一伙人也点头称是:现在就怕乱了!
　　别扭好像猛地挨了一棒。那一双眨巴眨巴的斗鸡眼,"格登"一下定了神,左眼珠又跑到鼻梁边上去了,露出好大一块眼白。直到散会,他也像座泥胎似地一动不动。他拦住吕飞的去路,结结巴巴地问:"你,你再说说,这果园不分了?"年轻的支书豪爽硬朗地说:"一百年不动!"这声音震得别扭心直颤颤。不知为什么,他相信这年轻人的话,尽管他骂过他"驴肺",还偷偷地绊过他一跤。人总有一股正气,正气一镇,由不得你不信!吕飞走了,别扭一个人呆立在桥头。李得德挑着一担尿又去浇自己的果园,走过石板桥还乐呵呵地对别扭打了一声招呼。唉唉,傻子真的要发财了!这一年他的果树长得多好,攒足了劲儿就等来年开花结果。可是别扭的果树呢?这他自己心里清楚,后年能返还劲儿来也算好事!
　　别扭一跳一跳地向果园跑去,他要看看自己的树。果园里黑影幢幢的,他能看见什么呢?他只好用手摸,摸那疤疤斑斑的树干。天哪,去年干了些什么?他想起那头吃了蛇盘草的黄牛垂死挣扎的情景(它本来可以调养好的);他想起套上粗绳拉倒大梁的情景;他想起拆拖拉机轱辘的情景……这和用斧子砍果树一样的,只不过他砍的这棵大树看不见,摸不着。多可惜啊:他怎么就没想想树是自己的呢?他怎么没想想抡起斧子砍的是自己的脚呢?哦,你可是砍得好狠心哟!

月光朦胧,寂静的果园安睡了。大沽河水不时跳起一朵浪花,发出叮咚的声响。果树像一群老人,沉默地看着那个在果园里转来转去的疯子。它们既不宽恕,也不责备,由他用颤抖的双手在躯干上摸来摸去。

我就是这时候去三不管的。

我要了解一些万元户的生活情况,幸好,我一到村里就听人说别扭砍树的笑话,没有唐突地去找他。我听说那天早晨别扭砍树,前任支书就蹲在旁边看,觉得好生奇怪。我就先找到了得宽,问他:"你看他干蠢事,为什么不劝劝他呢?"得宽满脸委屈的样子,说:"我怎么没劝他?我说,这么干你可要吃亏喽!可他不听。吕飞说就好了,一样的话他也相信。怪事!"

我见到别扭时,他正在给果树浇尿。他干活总是热气腾腾的,外衣脱了,还是穿那件剪去袄袖的黑夹袄。我打着哈哈提到砍树的事情,使气氛随便些。他往地上吐了口唾沫,自认倒霉。我说:"你这老哥也真是,人家得宽好心劝你了,你怎么还不听?"别扭马上摆摆手,斗鸡眼一白道:"拉倒吧,拉倒吧,他不劝兴许我还能想过来,他一劝我倒是非砍不可了!"

一句话把我说懵了,我急遽地思考着:他这话是什么意思呢?但是,当我把别扭和得宽几十年来的作为前前后后思索一番以后,我一下明白了。我不由同情起别扭来。砍树固然可恶,但你怎样判断谁是真正的砍树者呢?

夕阳西沉时分,我和别扭一起离开了果园。秋天,梨树叶火红火红,山楂叶则是暗红色的,焦黄的苹果叶、柿树叶被晚霞一浸,也红得挠人心了。这一片红色给人一种暖暖的感觉,竟引得我动起感情来。我向别扭表达自己的同情,他却和我抬杠:"怎么?你还可怜我?"他吃惊地瞪起斗鸡眼,"我现在最最好过,果园归我了!"我们登上大坝,别扭迷恋地望着他的果园,喃喃地道:"真归我了。吃一回亏怕什么?我能把这些树调养好!"我为他高兴,不禁笑出声来。他又朝我翻翻斗鸡眼:"你笑什么?我就不信我还赶不上傻瓜李得德!"

我相信他能把果树调养好。不过,他干吗瞧不起人家李得德呢?这个人呀……

矫 健

矫健,1954年生于上海,1969年初中毕业,回原籍山东省乳山县插队落户。1979年考入烟台师院中文系,毕业后当了半年语文教师,后调入地区创作室。中国作家协会会员,山东省作家协会主席团委员,烟台市作家协会主席。

1973年发表处女作。现已出版短篇小说集《第七棵柳树》,中篇小说集《老人仓》,长篇小说《河魂》、《天良》。其中短篇小说《老霜的苦闷》获1982年全国优秀短篇小说奖;《老人仓》获1984年全国优秀中篇小说奖;长篇小说《河魂》获北京市建国35周年征文奖,《十月》文艺奖。

高　原

谭甫成

　　马达和推进器的嗡嗡声贴着水面向远处传播。船迎着太阳行驶。海上雾气蒸腾。

　　那孩子半躺在船尾高高的拖网堆上，两手勾住后脑勺，出神地望着拖在船后的舢舨。舢舨被一根粗大的麻绳拖曳着，在翻滚的浪花上颠簸，好像随时都有被浪头吞没的危险；然而，它又很轻巧，很自如，摇摇摆摆，一股子满不在乎、履险如夷的派头。

　　开船一个多小时以来，那孩子什么也不干，一直出神地望着它，间或挪动一下躺得发麻的身体，动作迟滞，别别扭扭。谁也不知道他在想什么。谁也不想知道他在想什么。这船上十二条饱经风霜的粗鲁汉子，没有一个拿他放在心上。此刻他们都在甲板下的船舱里抽自卷的旱烟，甩扑克，闲聊天。偶尔也有一个人从枕头下翻出旧得发黄的《三国演义》或《醒世恒言》什么的，潦潦草草看上几页。在这恼人的捕鱼淡季，他们懒洋洋地北上渤海湾，准备到那儿去碰碰运气。

　　又过了一会儿，那孩子溜下拖网堆，走到船尾。他解开裤子，一边朝雪白的浪花上撒尿，一边回头看看。甲板上没有人。撒完尿，他蹲下去，双手攥住那根湿漉漉的麻绳,用力往回拉那舢舨。他颈下的脉管鼓了起来,细瘦的胳膊紧张地弯成两个三角形。那舢舨一点点移近了。

最后,他终于把舢舨拽了过来。他又回头望一眼,试探着伸出一只脚,想跳到舢舨上去。但是这样一来,他的力量就被分散了。麻绳猛一下从他手里滑脱,他险些被拖下海去。他翻身扑倒在甲板上,两条小腿搭在船外的海水里。浪头卷上来,把他的大腿也浸没了。

他从甲板上爬起来,小心地四面看看。船长和大副都在驾驶室里,他们看不见后面。他使劲抽动一下鼻子,若无其事地蹓跶到前甲板,再蹓跶回来。

他又蹲下去,重新把那舢舨拽过来。

这一次,他先把滴着水的麻绳从固定在船尾的铁环里穿过来,打一个活扣。然后,他像只猫那样轻捷地跳到舢舨上。他在舢舨上跪下,一只手拽住柴油机的摇把,另一只手突然一下用力拉开活扣。舢舨迅速离开大船。绳子放到头时震动了一下。他顺势躺倒,移动着身子找了个合适的位置,出一口长气,闭上眼睛,倾听耳旁波浪的哗哗声,双手不停地挥打舢舨两侧激起的浪花。

一开始,哪条船也不想要他。他生来就很孤独,话语不多。他们尤其不喜欢他的眼睛。他的眼睛太大、太黑,让人看了心烦意乱。他老是喜欢盯着一个什么东西出神。再不,他就孑然一身坐在海滩上(多半是在清晨或者黄昏),长时间凝望海天相接处,慢腾腾地一块块朝海里扔鹅卵石。他们都不知道他是怎么了。他不像其他那些十五岁的孩子。他一点也不讨人喜欢。

他们叫他"黑杆儿"。尽管他脑袋长得很大,身体却又瘦又黑,像一截被烟熏黑的高粱秆儿。他记不清人们是从什么时候开始这样叫他的。那大概是在七年前。那年春天,一条年头过久的渔船被海上的风浪卷翻了。他父亲就在那条船上。随后不久,他母亲把他撇给一个酒鬼爷爷,改嫁到别处去了。这一切他现在都记不太清了。况且那时他算是什么呢?当翻船的消息传来时,他没有挤进码头上嚎哭的人群里去;也没有人想起他。他一个人拼命朝村子后面跑去。他不断地摔倒在地上,膝盖、胳膊肘、脸颊都摔破了。在村后的土岗上,他抱住一棵大树,望着下面汹涌的海水,两个嘴角扭曲着撇了下来。

天黑以后,人们才想起找他。他自己从村后回来了。于是人们认为这孩子无情无义,没过多久,他们就开始轻蔑地叫他"黑杆儿"了。连爷爷也这样叫他,渐渐忘记了他的本名。爷爷嫌弃他。因为他既不像他自己年轻时那么强壮有力,受人尊敬,也不像他在船上当大副的死去的爸爸那样聪明能干。他是个没有人看得起的倒霉鬼,将来说不准连老婆也娶不上。现在船上二十多岁的光棍汉多着哩,哪个不比他强?他不会遇上什么奇迹的。奇迹都发生在天上,或者在梦里。他如果有福分,能在梦里娶一场媳妇,也就算不错了!

后来，就是现在这条全村最破的渔船收留了他。这是一条二次大战后日本人留下的机帆船。船身补了又补，船上到处都是机油和铁锈，后甲板没有一点挡头，尾部离水面只有半米来高，一不小心就会掉下去。可是他们照样大大咧咧站在这里撒尿，蹲在这里屙屎。屙完屎屁股总是湿的。

按这个岛的传统，十五岁以上的单身男子都不许在村子里过夜。夜里在船上，黑杆儿没有资格去听那些大人的故事。他一个人躺在船头的半块凉席上，看着星星和月亮。直到看累了，他使劲抽动几下鼻子，身子蜷缩成一团，不久就睡着了。

他常做梦。他的梦离奇古怪。他从来不对任何人说起他的梦。况且，他实在也不知道那该怎么说哩。

他似乎只和那个舢舨结下了不解之缘。天天跪在舢舨里擦洗，把溅出来的油污抹去，把柴油机擦得锃亮。这是他给自己额外找的一件营生，没有人强迫他。他们都乐得看他干这事。

但是黑杆儿并不白干。他常常随便找个借口把机器发动起来，让舢舨在弯月形的码头里悠悠地划一个弧圈，掀起一层细细的波纹，然后笔直冲进海里。谁也不知道他到哪儿去，干什么去了。船长诅咒他，甚至一巴掌把他打一个趔趄，他却睁着那双大眼看船长，一眨也不眨，脸上还露出傻里傻气的笑。那船长就有些踌躇，心里像被什么东西轻轻划了一下。轻轻，然而很尖锐，还有些痛楚哩。

将近十一点，船已经驶出五个多小时。雾气早已散尽，远处出现了几艘渔轮。那是从旅顺一带下来的。他们靠近其中的一艘。

几个船员从船舱里没精打采地爬上来，在甲板上晃晃悠悠，东张西望。

"喂，坐上舢舨去要几条鱼，弄顿饭吃！"船长从驾驶室里探出头来命令道。

两个船员向船尾走去。一个是身材魁梧的麻脸，另外一个是胖子。

"我敢说，那是黑杆儿！"麻脸说。

"不错，是黑杆儿。"胖子附和说。

"他娘的，这倒霉鬼怎么上去的？"

"是啊，这兔崽子是怎么上去的？"

"反正他不是飞过去的！"

"不会。"

马达已经熄掉，船发出轻微的突突声继续朝前滑动。他俩站到船尾。随后，麻脸分开两腿，十个肥大的脚趾扒住船的外缘，叉着腰喊：

"黑杆儿！"

没有动静。黑杆儿在舢舨底部蜷缩着。

他俩不得不把舢舨拽过来。

黑杆儿醒了,揉着眼睛坐起来。

"黑杆儿,娘的,看我一会儿告诉船长!"麻脸说。

"我们这就去对他说!"胖子说,伸出一个手指挖鼻孔。

黑杆儿抽抽鼻子,胸脯起伏了几下。

"听着,黑杆儿,这次就饶了你,"麻脸一边说一边蹲下去解开系住舢舨的绳子,"去北边那条船上要几条鱼,弄顿饭吃。"

"快点,早就饿了!"胖子说。

黑杆儿站起来,弯下腰去摸弄柴油机的摇把。摇把早已被手磨白了,在阳光下闪闪刺眼。麻脸利落地把麻绳扔到舢舨上,和胖子转身走了。

黑杆儿摇动摇把,把机器发动起来。一股浓浓的黑烟夹着刺鼻的柴油味扑到他脸上。他弓起腰,一只手把住操纵舵,另一只手拉着一根细线,那线控制着油门阀。舢舨缓缓掉过头,突然加快速度,跳跃着射出百十米,然后一个急转弯,朝停泊在北边的那条大渔轮驶去。

他非常羡慕地细细打量着那艘船。那船真漂亮!船身漆成浅蓝色,船头翘得老高,气概慑人。那船甲板宽阔,有真正的船舷,不过只是后半部有那么一段;前半部大都是钢板结构的船帮。驾驶舱上面也有一个瞭望台,比他们那个宽大得多,四周围着浅蓝色的铁栏杆。这时正有五六个汉子在上面叼着烟卷指手画脚地咕哝着什么。他们大概是在议论他和他的舢舨。不过也许是在议论他们那条破船。不管怎样,他们反正是在那儿讪笑什么。

一个年龄和他差不多大的孩子站在厨房门口,一手抓住船舷栏杆,一手拎着一条大巴鱼在等他。他把舢舨靠过去,仰起头。

他们互相看着。他们一时手足无措,谁也不说话。

后来,那孩子一声不响地往舢舨里扔了六条巴鱼。他舌头伸出来舔着上唇,扔得很准。然后他俯身趴到栏杆上,朝下看着他,光脚趾从栏杆下伸出甲板外,一下一下抠动。

黑杆儿踌躇着。他用力抽抽鼻子,伸出脚踢一下舢舨里的鱼。

"你们的船真好。"他终于说。

那孩子点点头,把眼睛挪开一会儿。他腰里围着一块胶皮围裙,个子比他矮,但结实得多。

"我们那船太老了,"他又说,回头望一眼大约五百米以外的破渔船。

"嗯……是老了,"那孩子犹豫了一下说,"不过你的舢舨也挺好。"

"这不是我的。"他说,垂下眼睛,看看自己瘦瘦的光脚。

"反正它现在归你开。他们从来不让我开。"那孩子坚持说。

"还走吗?"他问,抬起头,怀着某种期望,蒙眬地凝视那孩子。

"不。不走了。"

"就在这儿待下去?"他睁大眼睛问。

"嗯,差不多就在这儿待下去啦!"

"干嘛就在这儿待下去?"

"哪儿都一样。哪儿也没有鱼。"

"再往西呢?再往西也没有吗?"

"没有。哪儿也没有。"那孩子摇着头说。

"你们的船出来几天了?"

"四天。除了够船上吃的,一条鱼也带不回去。"

他们都低下头,沉默着。

"在这儿待到什么时候?"他又问。

"到天黑……也许到明天……反正他们知道。"那孩子说,朝身后歪歪头。

"你不知道吗?"他又问,同时把头再仰起一些,望着瞭望台上的人。

"我怎么会知道?"那孩子瞥他一眼,用一种古怪的声调说,"你是说,你们船上的事你都知道啰?"

他不说话,低下头,让一只脚的五个脚趾弯过来,去夹一条鱼的尾巴。

"你当然什么都知道啰!"那孩子用一只手托起腮,嘴歪过来,眯着眼看他。

他仍然不动,身体随着舢舨摇来晃去。他扭过头去看海。一群群细小的银鱼不停地跃出海面,穿过阳光,又钻进水里。他的两个嘴角都撇了下来。

"唔……我是说,你比我知道得多……他们让你开舢舨。可他们只让我干活。"那孩子放下手说。他又把头趴到栏杆上,脚趾往外伸得更多了一些,注意地看着他。

"你也什么都干?"他问,转过头,看舢舨底部。

"什么都干。都是他们不愿意干的。"那孩子说,同时挪动一下身体,换一只脚伸出甲板。

他们互相看一眼,不再说什么。

"他们也挺累。"过一会儿,黑杆儿又仰起头说。

"嗯,他们也挺累。"

"我知道,打鱼全靠他们。"

"他们说,刚一上船的孩子都得这么干,他们也是这样过来的。"

"要是出了事,全靠他们。"

"再过一两年我就和他们一样啦!"

"他们对我不太好,可我不怪他们。"

"我不喜欢老在海上,没意思。"

"我什么都干。就是不愿意他们什么都管我。"

"我不喜欢老在海上。现在他们都管你。将来还有船长和大副管你。"

"可是在地上也有人管你呀!"

"在地上你总可以干点自己的事。"

"干点自己的事?自己有什么事?"

"攒钱,盖房子,还有,唔……娶个老婆。人人都这样……"那孩子说,脸红起来,不自在地回头看一眼。

黑杆儿蹲下去,伸出手握住柴油机的摇把。但是他并不急于发动起来。他在等着。

"你呢?"那孩子终于问道。

"什么?"他反问道,并不看他,只管低着头摆弄摇把。

"你怎么样?"

"爷爷和他们说,我只配一辈子打光棍。"他蹲在那儿,一动也不动,口气像是在说一件和自己不相干的事。

"别听他们的!他们不过吓唬你……"

"我喜欢海。我不愿意离开海。"

"一辈子都在海上?"

"一辈子。"

"那有什么意思!"

"我不愿意离开海。"他固执地说。

"海有什么好喜欢的?它一直就是这样。"

"在海上愿意想什么就想什么。"他说。

"能想些什么呢?"

"唔……能想好多。我知道。"他抬起头,执拗地望着远处的海;又因为不能把这一点说清楚而苦恼。

"我可不愿意想!"那孩子说,"想多了有什么好处?"

"我不喜欢地上。我在地上没有家。"

"你没有家?……你一个人?"

他盯着柴油机的摇把,没有做声,嘴角又撇了下来。

那孩子使劲看着他,咽下一口唾沫。

他们半天没说一句话。

"我该过去了,"他回头看一眼,抽抽鼻子说,"他们等我回去做饭。"

"等一会儿!"那孩子说,转身跑进厨房。不一会儿,手里拿着一个小纸包又跑回来。

"哎,接着!"那孩子喊道,把纸包扔下来。

里面是几块很硬的水果糖。

他看着那孩子,使劲抽动鼻子。

"开船时……我娘给的。"那孩子说,不好意思地把头扭开。

"夜里我来找你!"他忽然说。

"夜里?……你来找我?"

他点点头。

"干什么?"

"我开舢舨来,"他用脚指一下舢舨说,"咱们去海里蹓跶蹓跶。"

"去海里蹓跶蹓跶!夜里!"那孩子眼睛亮起来,兴奋地扭动着身子,抬起头向远处望望。

可是他马上又变得很呆板了。

"那不好,太危险。"那孩子说,低下头,从船舷外看着自己伸出甲板的脚趾。

"一点都不危险。现在海上没有风。"

"迷了路回不来怎么办?"

"我会看星星。我常一个人去。"

"可是……干了一天活……我睡觉太死。"

"我就在这儿,使劲吹哨叫你。"

"再说……"

"你怕吗?"

"不……我才不怕呐!"

"你不愿意去?"

那孩子看着他,有些迟疑。

"唔……好吧,可是……"

"要不你就别睡觉了,就在这儿等我,我一过十二点就来。"

"你保险不会出事?"

他对他笑笑。那孩子又脸红了。

他不再说什么,把机器发动起来,朝那孩子摆摆手,掉过舢舨头,驶回自己那条渔船。

他们都在船上等得不耐烦了,嫌他耽搁的时间过长,胡乱骂了他一顿。

他戴上皮围裙,蹲在厨房门口收拾鱼,不时抬起头,越过船帮眺望那浅蓝色的渔船。他心里记挂着那个孩子。他被夜里要和他一起去海上蹓跶的想法搅得心绪不宁。结果他一刀斜着从食指指肚切到手掌。刀很快,刀口那儿皮肉翻开,血流不止。他皱起眉头,看着自己手上的血和鱼血在案板上混成一摊,凝结在一起,心里似有什么东西阵阵朝上翻腾。他一声不响,钻进厨房,顺着炉灶旁的木梯下到底层自己的床铺上,随便撕一块旧裤子上的破布把手缠起来。他又爬出来继续收拾鱼,把切下来的鱼头从嘴下豁成两半,摊到一块柳条排子上晾起来;把鱼杂和鱼鳞什么的一股脑儿倒进海里。他趴在船帮上看它们在水里漂散开,一点点往下沉落。一些只有几寸长的小巴鱼迅速游过来,拼命争抢。这之后,他又高兴起来,吹着不成调的口哨(他从来不会吹一支歌),把剁好的鱼块端进厨房。厨师嘴里斜叼着一支烟卷,正从笼屉上往外捡馒头。他看黑杆儿一眼。

"手怎么啦?"

黑杆儿没说话,只用手比画了一下。

"下去上点药,好好包包。"

他把鱼放到锅台上,溜下木梯。他没上什么药,也没再好好包一下。他的手常常不是被船上的什么东西,就是被鱼身上的什么地方弄出许多伤口。它们愈合得很快,根本不用上什么药。

他趴到自己那个铺着麻袋片的床上,把肮脏的被单和一些乱七八糟的小玩意推到一边去,从身上掏出那个小纸包。一共是五块水果糖。他略略想了一下,从里面拿出一块,其余四块重新包好,小心地塞到枕头下。他把糖纸剥开,先用舌头舔一下那块糖,抿抿嘴唇,然后再放进嘴里。他翻过身仰面躺下,看着吊在头上的几个橙黄色海星,有滋有味地让那糖在嘴里转动起来。

还剩四块!到夜里,他就要去找他。他一定要去找他!他要带他到海里去。对,他要带他到海上飞驰,沿着那条月光铺在海面的大路,驰到海和天相接的地方!那里更明亮,他几乎每天夜里都凝望那里。那里一定有许多他和他都没见过的东西。到了那里,他要让舢舨停下来,随它怎么漂荡。在明亮的光辉里,他们将安详地互相注视。他们不要再说许多话,他知道自己不会说话。说话有什么用呢?

饭做好了。黑杆儿赤着脚在前甲板和厨房间奔跑,把一摞碗、一把筷子、一盆鱼和一笸箩馒头端上来。

"黑杆儿,快点往碗里盛鱼!"

"黑杆儿,先给我扔一个馒头过来!"

"黑杆儿,怎么不先发筷子啊?"

黑杆儿颊上的汗水流到下巴颏,在那儿滚动。

最后,他给自己盛了半碗鱼块,从笸箩里拿一个馒头,走回厨房门口。他趴到船帮上,望着对面那条船,慢慢吃起来。

没过多久,对面那条船的厨房门开了。他停止咀嚼,让一口馒头和鱼留在嘴里。那孩子出现在门口,两手吃力地端出一盆污水,泼进海里。他咽下嘴里的馒头和鱼,咬住嘴唇,呆呆地望着。那孩子看见他了,朝这边摆摆手。

他没摆手,只是望着。他又在想。

饭后,甲板上留下一堆碗、筷子、鱼骨刺。他把碗筷收拾到一起,用一个黑胶皮桶从海里打上一桶水,准备洗刷。

厨师从厨房门口走过来,把胶皮桶提过去。

"唠,去把甲板打扫打扫。"

黑杆儿看看自己的手,没说什么,拿起笤帚去打扫甲板。他从腋下看厨师。厨师面对着他蹲在桶前洗碗。他喜欢他那个大鼻子,很大,又红、又粗糙,上面长满了小疙瘩,鼻孔里还伸出两撮又粗又硬的鼻毛。他曾经想对他说明这一点。他现在也想对他说点什么。可是他从来不知道该怎么和他们说话,包括这厨师。

后来,船又继续往前开了。离那浅蓝色的渔船越来越远了。离那个孩子也越来越远了。黑杆儿靠在拖网堆上,看着那浅蓝色的船渐渐从海平面消失,一个劲地抽动鼻子。他的鼻子有些不太通畅,发出囔囔的声音。

海上的风只有三四级。他们希望风能刮到五六级,最好是七级。那样的话巴鱼肯定就会蹿出海面,他们也就能知道该在哪儿下网了。船员们三三两两在船头、甲板、瞭望台逛荡,盯住海面寻找目标。

海面宏大,海水荡漾,没有规则地激起一些不太高的浪花。除此之外什么动静也没有。

他们继续朝西北方向驶上去。

傍晚,什么希望也没有了。他们掉过船头准备下溜网。当船头掉过来时,夕阳像一颗暗红色的火球在黑杆儿眼前跳动了几下,再过一个来小时它就要沉到海底去了!海上就要变成漆黑一团了!什么也看不见了!他抽抽鼻子,又静默了一会儿,然后爬下拖网堆,慢吞吞朝前甲板走去。他知道现在要干什么。

他们开始从前甲板右侧下网。先抛出一个大的空心球,那球上系了一根两米来高的竹竿,竹竿顶端是一面红黄两色的三角旗。一根很长的尼龙绳将圆球与网端连在一起。麻脸和胖子不停地往海里抛出浮子和坠子,其他的人一起往下放网。船慢慢向前滑行。每隔两三百米,他们就抛出一个系着竹竿的圆球,顶端的三角旗都是单色的:红、黑、蓝。

渔网贴着船帮溜下海去。

几分钟后,一阵很响的噼啪声把他们都弄懵了。

船帮上有些钉子露出了头。渔网先被那些钉子挂住,随后便不断地被扯成很大的裂口,被扯碎。他们的脸都涨红了。麻脸愤怒地朝驾驶室喊叫、挥手。船长从驾驶室探出身子来,低声咒骂着,又缩回头去。船响起一阵叮当声,开始急速倒退。已经放下去的网在水里扭结起来。几个人扑到船帮上,但是来不及补救了。那些钉子原来是钉住包船帮的帆布的,因为船帮过于糟朽,现在,在渔网的压力下,好些钉子都露出了头,把渔网缠成乱麻似的。

太阳正在沉下去,光线越来越暗。

他们找来几根铁杠子,插到渔网和船帮之间,几个人吃力地用双臂和肩膀扛住。网挂得不那么厉害了,但仍然不断有一两处被扯破。

船继续慢慢向前行驶。不久,渔网的压力转向后面。厨房那儿的船帮外侧又开始把渔网扯碎。一切都乱套了。

麻脸朝黑杆儿踹一脚:"快去!"黑杆儿跳出溜网堆,奔向厨房门口。他找来一块木板,趁船后退时把它插到渔网和船帮之间。他前胸趴到船帮上,双手用力拿住那木板。他的双臂很快就麻木了。他那只受伤的手由于用力而再度被撕裂。血把蓝布渗透了。他拿不住那木板。这工作远远超出了他的能力。木板几次被渔网拖开,险些失手掉下海去。他的嘴唇咬破了。他把前胸也探出船帮去,整个身躯就晃晃荡荡挂在那里。

那暗红色的火球把最后一点余光也从海面上收回去,海天都变成黛青色。夜幕开始从东边升起,像一件黑色大氅,渐渐遮压过来。船上的东西变得模糊了。

渔网越放越少,拉力也越来越大。扛铁杠子的人不断地轮换。他们都没想起黑杆儿。

他从没感到过肉体的痛苦这样难以忍耐。海水在他垂着的头下旋转,渔网像瀑布一样从他眼前泻过去。他恶心得想吐,手上的血一滴滴滚落到海里。他连鼻子也抽不动了。最后,木板终于掉下海去。渔网又被挂住。

"操你老娘,黑杆儿!"麻脸在前甲板嚷,"怎么搞的!"

驾驶室的门开了。船长跳下甲板,大步奔过来。牙齿在他嘴里发出咯咯的响声。

他把黑杆儿从船帮上揪起来,一巴掌掴在他后脑勺上。黑杆儿斜倚着船帮倒下了,一点声响也没有。

"这个倒霉鬼!"

船长从铺在脚下的木栅板上揭起一块,重新垫到渔网和船帮之间,挥挥手,招呼前头下网。

黑杆儿躺在甲板上,大脑袋软软地靠着船帮底侧。他什么也感觉不到。他张了几次嘴,到底没呕出来。

海天都已经隐入夜幕里了。不过海总是比天的颜色深。白天,海比天更蓝。夜里,海比天更黑。

一切都结束了。几个汉子把沉重的铁锚放下去。就连粗铁链子哗啦哗啦的响声也没能使黑杆儿动一动。

前甲板上的吊灯点亮了。船两侧的海水泛出黑黝黝的亮光,起伏着。他们都闷声不响地坐在甲板上,等着晚饭拿上来。船长站在当中,他发了一顿脾气,现在没有人敢看他。

厨师端上一盆鱼块面条。鱼块是中午吃剩的。没有青菜。

他开始往碗里盛面。

"黑杆儿怎么不来?"麻脸突然说。

厨师低着头盛面。他不说话,没有人看见他脸颊上的筋肉在抽动。

"喂,我说,那倒霉鬼怎么回事?"船长不耐烦地问。

"这样对他不好,"厨师仍旧低着头,小心地说,"他可连个家也没有。"

"你这是什么意思?"麻脸打断他,"那倒霉鬼到底怎么啦?"

"他够呛。"厨师说,声音轻得几乎听不见。

麻脸站起来,扫视一眼坐着的人们。没有人看他。什么声响也没有。他嘴里一阵发干,快步朝厨房门口走去。

"黑杆儿!"他喊一声。

他的嗓子一下被什么东西堵住了。

黑杆儿蜷伏在船帮下,受伤的那只手耷拉在甲板上,黑糊糊一摊,不停地抽搐。

麻脸弯腰把他抱起来,低头看着他,喉头上下牵动着。

他抱着他走回前甲板,站在那盏灯下。黑杆儿的大脑袋毫无生气地靠在他的胸脯上。

他们都不说话。有的人望着黑沉沉的海。厨师转过身去。

"把他抱到我床上去。看看他那只手怎么了?"船长缩下肩膀,哑着嗓子说。

"我那时候比他苦多啦。"船长对其他人说。

没有人搭腔。海水冲撞着船体。今夜天上没有星星。

"你们那时候比他苦多啦。"船长又说,烦躁地踱来踱去。

"怎么啦? 快吃饭吧!"他火了。

船长端了一碗面在黑杆儿身旁坐下。他不知道该怎么跟这孩子说。从他上了他这条船那天起,他从没跟他说过一句话,除了发脾气的时候骂他几句。

"黑杆儿……"他伸出手去摸黑杆儿的大脑袋。

黑杆儿睁着眼。

"黑杆儿,"他又抬起黑杆儿那只缠得鼓鼓的手,"吃点饭吧。"

黑杆儿看他一眼,摇摇头。

他"唉"了一声,站起来,从挂在木板墙上的挎包里拿出一瓶酒,往茶缸里倒了些,又从上衣口袋里抓出一把海米,重新回到黑杆儿身旁坐下。

"黑杆儿……今天,渔网都撕碎了……"他说。

黑杆儿抽抽鼻子,脸扭过去对着墙。

"……从来没这么惨过。"他看着缸子里的酒,嗓子又变哑了。

"哎,得啦,陪我喝两口酒吧!"

他把黑杆儿扶起来。黑杆儿摇摇头。

"你得喝点!"他粗暴地说,把缸子硬放到黑杆儿嘴边。

黑杆儿喝下一口,呛得咳起来。

"咳,把它忘了吧。"他看着旁边说。

"忘了什么?"黑杆儿问。

"白天的事。"

"我不中用……"黑杆儿说,低下头。

"不对! 黑杆儿……"他一把搂过黑杆儿的肩膀,使劲眨动眼睛。

喝过一些酒,黑杆儿浑身发热,体力也渐渐恢复了。他扶着铁栏杆走下驾驶室。唠,这可是他第一次进驾驶室! 他从上到下,从下到上细细地把驾驶室扫视了一番。

甲板上已经空无一人。他回到厨房,摸黑走下木梯。厨师翻了个身。

他在自己床上躺好,从枕头下摸出那个纸包,用手指捏着数数,抽抽鼻子,把它贴在脸颊旁。

他想着他。他知道他过一会儿就会在厨房门口等他。但是他知道他今夜不能去了。他们现在离得太远,他找不到那条船的……

他张开嘴大声喘气,想忍住那股窜进鼻腔里来的酸楚。最后,他还是啜泣起来。他翻过身,把脸埋到枕头里。声音仍然不能完全压住。泪水把那个油黑的枕头弄湿了。

厨师又翻了个身。

半夜,黑杆儿醒了。他悄悄下了床,爬上厨房,走到外面。前甲板的灯一直亮着。

他在船头上坐下,后背靠在绞缆绳的辘轳上,两只胳臂抱住膝盖,望着海。

他常常这样。他喜欢黑夜里的海。哎,假使又有明月高悬,星辰辉映,海上万顷银波,他会更激动不已。那时的海使他感到神奇。

他坐在那里,又一次渴望独自驾着舢舨驶进海里。他想知道海的那一边是什么。他知道海不会永远这样下去,海不会无边无涯。在那一边,一定有他从未见过的东西。他知道,海没有这样简单。海是神奇的。有时,那些浓重的暗灰色云团从远处海上来,霎时,仿佛一片辽阔的高原拔海而起,直顶到天空,威严地缓缓移动。他一直盯着它。那使他想起一些不知怎么刚一醒来就忘了的梦。有时,海上仿佛又会涌起一些峥嵘的山峰,峰顶覆盖着白雪,形状不断变幻……哦,海就是这样神奇!

一个人影向船头走来。黑杆儿盯着他。

"黑杆儿,你一个人在这儿干什么?"麻脸走过来说。

黑杆儿不说话。

"我估摸你就得在这儿,你在看什么?"

麻脸在对面坐下,从怀里摸出一块硬邦邦的蛋糕递给他。

"唔……前两天不舒服,老婆不知从哪儿弄来的,你吃吧!"他说,目不转睛地看着黑杆儿。

黑杆儿接过来咬了一口。

"嘿,你在看什么?"他又问,竭力不去看黑杆儿正在咀嚼着的嘴。

"看海。"

"看海?"

"看海。"

"海有什么好看的?"他问,喉头滑动一下,把那口唾液咽下去。

黑杆儿不说话,继续咬蛋糕,眼睛盯着海的深处。那里又出现了一星灯火。但是它并没往近处驶来,很快又在那里消失了,像一颗缓缓划过的流星。

"黑杆儿,白天的事……"麻脸犹豫地说。

"我没有……"黑杆儿摇摇头说。

"那你明天什么也别干了,歇一天吧!"

黑杆儿摇摇头。

"反正也打不上几条鱼来。"

"不。"

"你的手也不行啊!"

"不。"

"他娘的,你这个倒霉鬼!"

"黑杆儿,你干嘛老盯着海看?"

"海上什么也没有。"

"是啊,那你干嘛老盯着它看?"

"没事干的时候我就看看。我喜欢看。"

"你看什么?"

"我什么也没看见。"

"你老盯着海出神,是想什么吧?"

"没有。我什么也不想。"

"黑杆儿……这不太好。"

"什么?"

"你的眼睛可让人看了不舒服。"

黑杆儿转过脸来看着他。

"还是什么也别想的好。"麻脸继续说。

"没有。我什么也没想。"

"想多了没什么好处。"

"我只不过看看。我什么也不想。"黑杆儿说,他又用双臂搂住自己的腿,下巴颏儿搁在膝盖上,看着黑魆魆起伏的海。

"我那时也想。唔……当然,没有你想得多。"

"我什么也不想。我只是看。"

"后来我知道,还是什么也别想的好。"

"你不想知道那边是不是和这边一样吗?"过了一会儿,黑杆儿问他。

"哪边?"

"那些大船驶出来的那边。还有它们到的地方。"

"当然一样。能有什么不一样呢?"

"你怎么知道?"

"嗨……我想。"

"你没想过要去看看?"

"我?……没有。"

"你不想?"

"嘿嘿,你这倒霉鬼!"麻脸说,朝海里啐一口唾沫。

"你哪儿也没去过?"黑杆儿继续盯着他问。

"唔……哪儿也没去过,可以这么说。怎么啦?"

"没怎么。"

"你问这是什么意思?"

黑暗中,黑杆儿嘴里露出两排白白的牙齿,眼睛闪闪发亮。

麻脸站起来,叉着腰。

"我干嘛要到别的地方去?哪儿都一样!哪儿也比不上我们这儿!"他说,声音提高了。

他低头看看黑杆儿。黑杆儿没精打采地转过脸去看海。

"得啦,夜里不许留在甲板上,这是船上的规矩!"麻脸粗声粗气地说。

黑杆儿懒懒地站起来,抽抽鼻子,晃晃悠悠走下去。

麻脸注视了他一会儿,从靠近船头的一扇小门走进船舱。

黑杆儿没回舱房,他还不想回去。他绕到船尾,爬上拖网堆,拉过一些渔网盖在身上,继续望着海。

他除了他出生的那个小岛,就是这条破船,还有这海,从来没去过别的地方。可他渴望着。

今夜他又在等待。他并不能常常都等到。但是今夜他等到了。

一艘巨大的客轮从远处驶来,渐渐驶近。那客轮灯火辉煌,层次分明,宛如一座海上城市。当它一路缓缓驶过时,海水都被它照亮了。

他张开嘴,使劲抽动鼻子。

他想起高原,泪水把他的视线弄模糊了。

哎,那些窗口旁的人影!它要把他们载到什么地方去?

那客轮一点点从他眼前移过。他一直目送它从海面上消失。然后,海又恢复了最初的宁静。

今夜没有奇景。今夜乌云把月亮和星星都遮住了。

天刚蒙蒙亮,海还在轻轻晃荡,他们都从船舱里走出来,穿上带背带的胶皮裤和胶皮靴,站成两排,喊着号子开始起网。黑杆儿站在麻脸身后,他穿了一身过于肥大的胶皮裤,背带时时从肩膀上滑下来。他咬住嘴唇拉网,盐水浸透了包手的布,泡着伤口。网很重,海水顺着胳臂、胶皮裤、胶皮靴淌到甲板上,泛着白沫向船尾流去。

透明的渔网滴着水珠,空空荡荡。号子声越来越不起劲。最后,他们都不出声了,沉默地拉着。

两千多米长的溜网,拉了一个半小时。一共十六条鱼,两条平鱼,其余的是巴鱼。还有一只误入歧途的螃蟹。

一夜之间,那火球蓄足了燃料,喷射着红光跃出海面,把海水、渔船和他们的身上、脸上都映成红色。他们脱下胶皮裤和靴子,从厨房的唧筒里压出淡水,在甲板上洗脸漱口,伸展四肢,然后坐下来等着早饭。

早饭后,渔船起锚,继续在海上巡弋。他们都围坐在前甲板上织补渔网。有几个人在修理船帮。黑杆儿把自己的活都干完,从船舱里拿出梭子,也去坐下补网。

直到中午,什么目标也没发现。天晴得让人起腻,没有风,也没有云彩,单调刻板。他们百无聊赖地包了一顿巴鱼馅饺子,吃完后都躲到船舱里去打盹。船从中午停到傍晚,又开始起锚下溜网。

吃完晚饭,黑杆儿磨磨蹭蹭向船尾走去。

走到一半,他站住了。

海上暮色苍茫,西南角静静地停着一艘大渔轮。看不清船身的颜色。
　　他用力抽动鼻子,望着那船。
　　一夜,一天,他思念着他。唉,他真是想他哩!他说不上他为什么这样留恋他。他记得自己的诺言,还有那四块糖。他现在很想和他说点什么。他不再那样讨厌说话了。他现在真想知道他打算怎样攒钱,怎样盖房子。盖完房子以后呢?盖完房子以后干什么?他说过要……唔,娶一个老婆。那么娶完老婆以后呢?以后还干点什么?他想知道。他喜欢那孩子。那孩子使他想起另一种生活。当然,他是不会离开海的,永远不会。可他现在真想看见那孩子!
　　月亮终于出来了。他躺在拖网堆上望着眼前一片奇景。
　　在天边,在月亮刚刚升起的地方,海面上有一泓璀璨的白光在流动。那白光上的一大片空间雾气蒙蒙,形成一个光晕。从那一泓璀璨的白光那里,一条宽阔明亮的带子一直铺过来,铺到黑杆儿眼前,海波粼粼。黑杆儿又出神了。他曾经驾着舢板在这条宽阔的月光大路上疾驰。他想要到达那片白光流动的地方。但是他从来没能如愿以偿。那地方太遥远了,似乎永远也到不了头。
　　他今夜还要去,和他一起去。呃,他们俩,两个孩子,在海上,在黑夜里,奔往那片璀璨的白光!
　　黑杆儿使劲抽动一下鼻子。
　　船上很安静。从船头传来汩汩的响声。舢板在船后的阴影里轻轻起伏。
　　是时候了。黑杆儿溜下拖网堆,把舢板拽过来,轻巧地跳下去。他解开麻绳,用力推一下大船,让舢板离得远一些。然后他摇动柴油机把手。
　　黑杆儿仰起头,迎着海风深深吸了一口气。他的胸膛胀满。他的四肢轻灵。他稳稳地把着操纵舵,并不急于上路。他先让那舢板兜一个极大的圈子,一个他从来也没兜过那么大的圈子。他喜欢这样。
　　然后他对准天边那一泓白光驶去,驶出一千多米后,他才掉过舢板。在离那渔轮还有不到五十米的地方,他熄灭机器,停下了。
　　这不是那条船!
　　他从舢板上站起来,盯着那船的厨房门口,一只手插进口袋里摸弄那个纸包。半天,他一声不响地坐下,双手托住下巴,呆呆地看着海面,使劲往下吞咽着口水。
　　月亮渐渐移向中天。天边那一泓白光也正黯淡下去,似乎越来越遥远、越模糊了。
　　黑杆儿重新站起来,弯下腰去发动机器。
　　舢板达到最高速度。一卷卷白色的浪花从船头切开,退向身后的黑暗里。他一条腿跪在舢板底部,身子朝前倾斜,头发被风吹散。他的两个嘴角抽搐着撇下来,海风从他睁着的眼睛里吹出两道泪水。

天快亮时,他回来了。他冷得浑身打战。把舢舨拴好,溜回厨房底舱。底舱很暖和,他很快就不再冷了。他的眼睛有些红肿,望着挂在头顶的海星,一分钟也没入睡。

早晨,他们只拉上十二条鱼。

他们又在海上巡弋了一上午。吃过午饭,他们便起锚回航了。

傍晚,他们走下渔船,从围在码头上的人堆里挤过去,谁也不说话。

黑杆儿拎着两个巴鱼头,那是分给他的。除此之外什么也没有。

这是个不大的小岛。房屋从上到下鳞次栉比,密密麻麻,没有什么空当。人繁殖得比鱼还要快。再过些年,房子就不知该往哪儿盖了。

黑杆儿踩着青石板铺的高低不平的小路,曲曲弯弯,从一家家门口走过,向上走去。他来到村西边临海的一个高土岗上,那儿有一间旧瓦房。

他推开屋门走进去。

爷爷坐在炕上喝酒,已经半醉了。炕桌上摆着一个小瓷碟,碟里是一块腌萝卜。

"哼……哼……回来啦?"

黑杆儿站到炕前。

"打回多少鱼来?"

"没有鱼。"

"有你这个倒霉鬼……在船上,一条鱼也别想……打上来!哼……哼……"

黑杆儿不说话。

"那手里……拿的什么?"

"鱼头。"

"哼……鱼头!你这辈子就配吃……去给我做做!"

黑杆儿生上火,把鱼头炖好,端上炕桌。爷爷早已等得不耐烦,伸手去接。鱼汤溅出来,洒到他手上。他一挥手打在黑杆儿半边脑袋上。黑杆儿站不住,趔趄到柜橱边上,捂住耳朵看着爷爷。

"不中用的……东西!"

爷爷骂着,已经伸下筷子去夹鱼头了。

喝完酒,炕桌上堆起了一堆鱼骨刺,碗里还剩少半碗汤。爷爷把碗往外推推:"吃吧!"黑杆儿从吊在房梁上的草筐里拿出一个玉米面饼子,坐在炕沿上,把饼子掰碎,泡在鱼汤里吃下去。

等他都收拾完,天已经全黑了。

"爷爷,我要上船了。"黑杆儿站在炕下,对斜靠在一摞被子上的爷爷说。

"滚……滚吧!"爷爷轻蔑地挥挥手说。

黑杆儿犹豫着,挪动一下脚步,又站住了。他把手伸进口袋,拿出那个纸包放到炕桌上。

"什么?"爷爷瞪着眼问。

"糖。"

"唔……糖……做什么?"

"你吃。"

爷爷看看他,把目光移开。他咳嗽起来,弯下腰。

黑杆儿转身往外走。

"回来!"

黑杆儿又停下,回过身。

爷爷吃力地从身后的被子下抽出一条暗灰色破线毯。

"把这……拿去。"

黑杆儿摆摆手,又摇摇肿起来的脑袋。

"拿去!"

黑杆儿接过线毯,走出屋门,回身把门关好。

他在门口站了一会儿。岛上灯火密集,人声嘈杂。在那一大片房屋上空,升起一团烟雾缭绕的热气。他能从里面分辨出一些他很熟悉的食物的香味,还有一些他很熟悉的声音。不过那已经是很久以前的事了。那大概是在七年以前。现在那些香味和声音都离他很远,很远。

下面传来沙沙的涨潮声。

他把破线毯搭在肩头,顺原路走下小岛,走回海边,登上那条渔船。

他从船舱里拿出常用的半块凉席,在船头上铺好,躺下去,把线毯盖到身上。潮水冲打船头,月亮还没出来,他睁眼望着天空。

他的嘴角撇了下来。

后来,他不想等月亮出来了。他也不再想那个孩子了。他实在是累了。

他把毯子往上拉拉,蜷缩起身体,使劲抽几下鼻子,眼皮渐渐合拢,睡着了。

夜里,他看见海上涌起一片高原。

谭甫成

(1947—)山东青岛人。1982年开始发表作品。1988年加入中国作家协会。著有中篇小说《吉尔特·走进世界》《荒原》《小个子马波利》,短篇小说《关于狼和北方和秋天》《男儿汉、男儿汉》《愤怒的沙滩》等。

受 戒

汪曾祺

明海出家已经四年了。

他是十三岁来的。

这个地方的地名有点怪,叫庵赵庄。赵,是因为庄上大都姓赵。叫做庄,可是人家住得很分散,这里两三家,那里两三家。一出门,远远可以看到,走起来得走一会儿,因为没有大路,都是弯弯曲曲的田埂。庵,是因为有一个庵。庵叫菩提庵,可是大家叫讹了,叫成荸荠庵。连庵里的和尚也这样叫。"宝刹何处?"——"荸荠庵。"庵本来是住尼姑的。"和尚庙""尼姑庵"嘛。可是荸荠庵住的是和尚。也许因为荸荠庵不大,大者为庙,小者为庵。

明海在家叫小明子。他是从小就确定要出家的。他的家乡不叫"出家",叫"当和尚"。他的家乡出和尚。就像有的地方出劁猪的,有的地方出织席子的,有的地方出箍桶的,有的地方出弹棉花的,有的地方出画匠,有的地方出婊子,他的家乡出和尚。谁家弟兄多,就派一个出去当和尚。当和尚也要通过关系,也有帮。这地方的和尚有的走得很远。有到杭州灵隐寺的、上海静安寺的、镇江金山寺的、扬州天宁寺的。一般的就在本县的寺庙。明海家田少,老大、老二、老三,就足够种的了。他是老四。他七岁那年,他当和尚的舅舅回家,他爹、他娘就和舅舅商议,决定叫他当和尚。他当时在旁边,觉得这实在是在情在理,没有理由反对。当和尚有很多好处。一是可以吃现成饭。哪个庙里都是管饭的。二是可以攒钱。只要学会了放瑜伽焰口,拜梁皇忏,可以按例分到辛苦钱。积攒起来,将来还俗娶亲也可以;不想还俗,买几亩田也可以。当和尚也不容易,一要面如朗月,二要声如钟磬,三要聪明记性好。他舅舅给他相了相面,叫他前走几步,后走几步,又叫他喊了一声赶牛打场的号子:"格当嘚——",说是"明子准能当个好和尚,我包了!"要当和尚,得下点本——念几年书。哪有不认字的和尚呢!于是明子就开蒙入学,读了《三字经》《百家姓》《四言杂字》《幼学琼林》《上论、下论》《上孟、下孟》,每天还写一张仿。村里都夸他字写得好,很黑。

舅舅按照约定的日期又回了家,带了一件他自己穿的和尚领的短衫,叫明子娘改小一点,给明子穿上。明子穿了这件和尚短衫,下身还是在家穿的紫花裤子,赤脚穿了一双新布鞋,跟他爹、他娘磕了一个头,就随舅舅走了。

他上学时起了个学名,叫明海。舅舅说,不用改了。于是"明海"就从学名变成了法名。

过了一个湖。好大一个湖!穿过一个县城。县城真热闹:官盐店,税务局,肉铺里挂着成边的猪,一个驴子在磨芝麻,满街都是小磨香油的香味,布店,卖茉莉粉、梳头油的什么斋,卖绒花的,卖丝线的,打把式卖膏药的,吹糖人的,耍蛇的……他什么都想看看。舅舅一个劲地推他:"快走!快走!"

到了一个河边,有一只船在等着他们。船上有一个五十来岁的瘦长瘦长的大伯,船头蹲着一个跟明子差不多大的女孩子,在剥一个莲蓬吃。明子和舅舅坐到舱里,船就开了。

明子听见有人跟他说话,是那个女孩子。

"是你要到荸荠庵当和尚吗?"

明子点点头。

"当和尚要烧戒疤哦!你不怕?"

明子不知道怎么回答,就含含糊糊地摇了摇头。

"你叫什么?"

"明海。"

"在家的时候?"

"叫明子。"

"明子!我叫小英子!我们是邻居。我家挨着荸荠庵。——给你!"

小英子把吃剩的半个莲蓬扔给明海,小明子就剥开莲蓬壳,一颗一颗吃起来。

大伯一桨一桨地划着，只听见船桨拨水的声音：
"哗——许！哗——许！"
……

荸荠庵的地势很好，在一片高地上。这一带就数这片地高，当初建庵的人很会选地方。门前是一条河。门外是一片很大的打谷场。三面都是高大的柳树。山门里是一个穿堂。迎门供着弥勒佛。不知是哪一位名士撰写了一副对联：

大肚能容容天下难容之事
开颜一笑笑世间可笑之人

弥勒佛背后，是韦驮。过穿堂，是一个不小的天井，种着两棵白果树。天井两边各有三间厢房。走过天井，便是大殿，供着三世佛。佛像连龛才四尺来高。大殿东边是方丈，西边是库房。大殿东侧，有一个小小的六角门，白门绿字，刻着一副对联：

一花一世界
三藐三菩提

进门有一个狭长的天井，几块假山石，几盆花，有三间小房。

小和尚的日子清闲得很。一早起来，开山门，扫地。庵里的地铺的都是箩底方砖，好扫得很。给弥勒佛、韦驮烧一炷香，正殿的三世佛面前也烧一炷香，磕三个头，念三声"南无阿弥陀佛"，敲三声磬。这庵里的和尚不兴做什么早课、晚课，明子这三声磬就全都代替了。然后，挑水，喂猪。然后，等当家和尚，即明子的舅舅起来，教他念经。

教念经也跟教书一样，师父面前一本经，徒弟面前一本经，师父唱一句，徒弟跟着唱一句。舅舅一边唱，一边还用手在桌上拍板。一板一眼，拍得很响，就跟教唱戏一样。连用的名词都一样。舅舅说：念经，一要板眼准，二要合工尺。说：当一个好和尚，得有条好嗓子。说："民国"十年闹大水，运河倒了堤，最后在清水潭合龙，因为大水淹死的人很多，放了一台大焰口，十三大师——十三个正座和尚，各大庙的方丈都来了，下面的和尚上百。谁当这个首座？推来推去，还是石桥——善因寺的方丈！他往上一坐，就跟地藏王菩萨一样，这就不用说了；那一声"开香赞"，围看的上千人立时鸦雀无声。说：嗓子要练，夏练三伏，冬练三九，要练丹田气！说：要吃得苦中苦，方为人上人！说：和尚里也有状元、榜眼、探花！要用心，不要贪玩！舅舅这一番大法说得明海和尚实在是五体投地，于是就一板一眼地跟着舅舅唱起来：

"炉香乍爇——"

"炉香乍爇——"

"法界蒙薰——"

"法界蒙薰——"

"诸佛现金身……"

"诸佛现金身……"

……

等明海学完了早经，——他晚上临睡前还要学一段，叫做晚经，——荸荠庵的师父们就都陆续起床了。

这庵里人口简单，一共六个人。连明海在内，五个和尚。

有一个老和尚，六十几了，是舅舅的师叔，法名普照，但是知道的人很少，因为很少人叫他法名，都称之为老和尚或老师父，明海叫他师爷爷。这是个很枯寂的人，一天关在房里，就是那"一花一世界"里。也看不见他念佛，只是那么一声不响地坐着。他是吃斋的，过年时除外。

下面就是师兄弟三个，仁字排行：仁山、仁海、仁渡。庵里庵外，有的称他们为大师父、二师父；有的称之为山师父、海师父。只有仁渡，没有叫他"渡师父"的，因为听起来不像话，大都直呼之为仁渡。他也只配如此，因为他还年轻，才二十多岁。

仁山，即明子的舅舅，是当家的。不叫"方丈"，也不叫"住持"，却叫"当家的"，是很有道理的，因为他确确实实干的是当家的职务。他屋里摆的是一张账桌，桌子上放的是账簿和算盘。账簿共有三本。一本是经账，一本是租账，一本是债账。和尚要做法事，做法事要收钱，——要不，当和尚干什么？常做的法事是放焰口。正规的焰口是十个人。一个正座，一个敲鼓的，两边一边四个。人少了，八个，一边三个，也凑合了。荸荠庵只有四个和尚，要放整焰口就得和别的庙里合伙。这样的时候也有过。通常只是放半台焰口。一个正座，一个敲鼓，另外一边一个。一来找别的庙里合伙费事；二来这一带放得起整焰口的人家也不多。有的时候，谁家死了人，就只请两个甚至一个和尚咕噜咕噜念一通经，敲打几声法器就算完事。很多人家的经钱不是当时就给，往往要等秋后才还。这就得记账。另外，和尚放焰口的辛苦钱不是一样的。就像唱戏一样，有份子。正座第一份。因为他要领唱，而且还要独唱。当中有一大段"叹骷髅"，别的和尚都放下法器休息，只有首座一个人有板有眼地慢声吟唱。第二份是敲鼓的。你以为这容易呀？哼，单是一开头的"发擂"，手上没功夫就敲不出迟疾顿挫！其余的，就一样了。这也得记上：某月某日，谁家焰口半台，谁正座，谁敲鼓……省得到年底结账时赌咒骂娘……这庵里有几十亩庙产,租给人种,到时候要收租。庵里还放债。租、债一向倒很少亏欠,因为租佃借钱的人怕菩萨不高兴。这三本账就够仁山忙的了。另外香烛灯火、油盐"福食",这也得随时记记账呀。除了账簿之外,山师父的方丈的墙上还挂着一块水牌,上漆四个红字:"勤笔免思"。

　　仁山所说当一个好和尚的三个条件,他自己其实一条也不具备。他的相貌只要用两个字就说清楚了:黄,胖。声音也不像钟磬,倒像母猪。聪明吗?难说,打牌老输。他在庵里从不穿袈裟,连海青直裰也免了。经常是披着件短僧衣,袒露着一个黄色的肚子。下面是光脚趿拉着一双僧鞋,——新鞋他也是趿拉着。他一天就是这样不衫不履地这里走走,那里走走,发出母猪一样的声音:"哼——哼——"

　　二师父仁海。他是有老婆的。他老婆每年夏秋之间来住几个月,因为庵里凉快。庵里有六个人,其中之一,就是这位和尚的家眷。仁山、仁渡叫她嫂子,明海叫她师娘。这两口子都很爱干净,整天的洗涮。傍晚的时候,坐在天井里乘凉。白天,闷在屋里不出来。

　　三师父是个很聪明精干的人。有时一笔账大师兄扒了半天算盘也算不清,他眼珠子转两转,早算得一清二楚。他打牌赢的时候多,二三十张牌落地,上下家手里有些什么牌,他就差不多都知道了。他打牌时,总有人爱在他后面看歪头胡。谁家约他打牌,就说"想送两个钱给你"。他不但经忏俱通(小庙的和尚能够拜忏的不多),而且身怀绝技,会"飞铙"。七月间有些地方做盂兰会,在旷地上放大焰口,几十个和尚,穿绣花袈裟,飞铙。飞铙就是把十多斤重的大铙钹飞起来。到了一定的时候,全部法器皆停,只几十副大铙紧张急促地敲起来。忽然起手,大铙向半空中飞去,一面飞,一面旋转。然后,又落下来,接住。接住不是平平常常地接住,有各种架势,"犀牛望月""苏秦背剑"……这哪是念经,这是耍杂技。也算是地藏王菩萨爱看这个,但真正因此快乐起来的是人,尤其是妇女和孩子。这是年轻漂亮的和尚出风头的机会。一场大焰口过后,也像一个好戏班子过后一样,会有一个两个大姑娘、小媳妇失踪,——跟和尚跑了。他还会放"花焰口"。有的人家,亲戚中多风流子弟,在不是很哀伤的佛事——如做冥寿时,就会提出放花焰口。所谓"花焰口"就是在正焰口之后,叫和尚唱小调,拉丝弦,吹管笛,敲鼓板,而且可以点唱。仁渡一个人可以唱一夜不重头。仁渡前几年一直在外面,近二年才常住在庵里。据说他有相好的,而且不止一个。他平常可是很规矩,看到姑娘媳妇总是老老实实的,连一句玩笑话都不说,一句小调山歌都不唱。有一回,在打谷场上乘凉的时候,一伙人把他围起来,非叫他唱两个不可。他却情不过,说:"好,唱一个,不唱家乡的。家乡的你们都熟。唱个安徽的。"

  姐和小郎打大麦,
  一转子讲得听不得。
  听不得就听不得,
  打完了大麦打小麦。

唱完了,大家还嫌不够,他就又唱了一个:

  姐儿生得漂漂的,
  两个奶子翘翘的。
  有心上去摸一把,
  心里有点跳跳的。
  ……

  这个庵里无所谓清规,连这两个字也没人提起。
  仁山吃水烟,连出门做法事也带着他的水烟袋。
  他们经常打牌。这是个打牌的好地方。把大殿上吃饭的方桌往门口一搭,斜放着,就是牌桌。桌子一放好,仁山就从他的方丈里把筹码拿出来,哗啦一声倒在桌上。斗纸牌的时候多,搓麻将的时候少。牌客除了师兄弟三人,常来的是一个收鸭毛的,一个打兔子兼偷鸡的,都是正经人。收鸭毛的担一副竹筐,串乡串镇,拉长了沙哑的声音喊叫:
  "鸭毛卖钱——!"
  偷鸡的有一件家什——铜蜻蜓。看准了一只老母鸡,把铜蜻蜓一丢,鸡婆子上去就是一口。这一啄,铜蜻蜓的硬簧绷开,鸡嘴撑住了,叫不出来了。正在这鸡十分纳闷的时候,上去一把薅住。
  明子曾经跟这位正经人要过铜蜻蜓看看。他拿到小英子家门前试了一试,果然!小英的娘知道了,骂明子:
  "要死了!儿子!你怎么到我家来玩铜蜻蜓了?"
  小英子跑过来:
  "给我!给我!"
  她也试了试,真灵,一个黑母鸡一下子就把嘴撑住,傻了眼了!
  下雨阴天,这二位就光临荸荠庵,消磨一天。
  有时没有外客,就把老师叔也拉出来。打牌的结局,大都是当家和尚气得鼓鼓的:"×妈妈的!又输了!下回不来了!"
  他们吃肉不瞒人。年下也杀猪。杀猪就在大殿上。一切都和在家人一样,开水、木桶、尖刀。捆猪的时候,猪也是没命地叫。跟在家人不同的,是多一道仪式,要给即将升天的猪念一道"往生咒",并且总是老师叔念,神情很庄重:

"……一切胎生、卵生、息生,来从虚空来,还归虚空去。往生再世,皆当欢喜。南无阿弥陀佛!"

三师父仁渡一刀子下去,鲜红的猪血就带着很多沫子喷出来。

……

明子老往小英子家里跑。

小英子的家像一个小岛,三面都是河,西面有一条小路通到荸荠庵。独门独户,岛上只有这一家。岛上有六棵大桑树,夏天都结大桑葚,三棵结白的,三棵结紫的;一个菜园子,瓜豆蔬菜,四时不缺。院墙下半截是砖砌的,上半截是泥夯的。大门是桐油油过的,贴着一副万年红的春联:

向阳门第春常在
积善人家庆有余

门里是一个很宽的院子。院子里一边是牛屋、碓棚,一边是猪圈、鸡窠,还有个关鸭子的栅栏。露天地放着一具石磨。正北面是住房,也是砖基土筑,上面盖的一半是瓦,一半是草。房子翻修了才三年,木料还露着白茬。正中是堂屋,家神菩萨的画像上贴的金还没有发黑。两边是卧房。隔扇窗上各嵌了一块一尺见方的玻璃,明亮亮的,——这在乡下是不多见的。房檐下一边种着一棵石榴树,一边种着一棵栀子花,都齐房檐高了。夏天开了花,一红一白,好看得很。栀子花香得冲鼻子。顶风的时候,在荸荠庵都闻得见。

这家人口不多。他家当然是姓赵。一共四口人:赵大伯、赵大妈,两个女儿,大英子、小英子。老两口没有儿子。因为这些年人不得病,牛不生灾,也没有大旱大水闹蝗虫,日子过得很兴旺。他们家自己有田,本来够吃的了,又租种了庵上的十亩田。自己的田里,一亩种了荸荠,——这一半是小英子的主意,她爱吃荸荠,一亩种了茨菇。家里喂了一大群鸡鸭,单是鸡蛋鸭毛就够一年的油盐了。赵大伯是个能干人。他是一个"全把式",不但田里场上样样精通,还会罩鱼、洗磨、凿砻、修水库、修船、砌墙、烧砖、箍桶、劈篾、绞麻绳。他不咳嗽,不腰疼,结结实实,像一棵榆树。人很和气,一天不声不响。赵大伯是一棵摇钱树,赵大娘就是个聚宝盆。大娘精神得出奇。五十岁了,两只眼睛还是清亮亮的。不论什么时候,头都是梳得滑溜溜的,身上衣服都是格铮铮的。像老头子一样,她一天不闲着。煮猪食,喂猪,腌咸菜,——她腌的咸萝卜干非常好吃,舂粉子,磨小豆腐,编蓑衣,织芦篚。她还会剪花样子。这里嫁闺女,陪嫁妆,瓷坛子、锡罐子,都是

用梅红纸剪出吉祥花样,贴在上面,讨个吉利,也才好看:"丹凤朝阳"呀、"白头到老"呀、"子孙万代"呀、"福寿绵长"呀。二三十里的人家都来请她:"大娘,好日子是十六,你哪天去呀?"——"十五,我一大清早就来!"

"一定呀!"——"一定!一定!"

两个女儿,长得跟她娘像一个模子里托出来的。眼睛长得尤其像,白眼珠鸭蛋青,黑眼珠棋子黑,定神时如清水,闪动时像星星。浑身上下,头是头,脚是脚。头发滑溜溜的,衣服格铮铮的。——这里的风俗,十五六岁的姑娘就都梳上头了。这两个丫头,这一头的好头发!通红的发根,雪白的簪子!娘女三个去赶集,一集的人都朝她们望。

姐妹俩长得很像,性格不同。大姑娘很文静,话很少,像父亲。小英子比她娘还会说,一天叽叽呱呱地不停。大姐说:

"你一天到晚叽叽呱呱——"

"像个喜鹊!"

"你自己说的!——吵得人心乱!"

"心乱?"

"心乱!"

"你心乱怪我呀!"

二姑娘话里有话。大英子已经有了人家。小人她偷偷地看过,人很敦厚,也不难看,家道也殷实,她满意。已经下过小定,日子还没有定下来。她这二年,很少出房门,整天赶她的嫁妆。大裁大剪,她都会。挑花绣花,不如娘。她可又嫌娘出的样子太老了。她到城里看过新娘子,说人家现在绣的都是活花活草。这可把娘难住了。最后是喜鹊忽然一拍屁股:"我给你保举一个人!"

这人是谁?是明子。明子念"上孟、下孟"的时候,不知怎么得了半套《芥子园》,他喜欢得很。到了荸荠庵,他还常翻出来看,有时还把旧账簿子翻过来,照着描。小英子说:

"他会画!画得跟活的一样!"

小英子把明海请到家里来,给他磨墨铺纸,小和尚画了几张,大英子喜欢得了不得:

"就是这样!就是这样!这就可以乱孱!"——所谓"乱孱"是绣花的一种针法:绣了第一层,第二层的针脚插进第一层的针缝,这样颜色就可由深到淡,不露痕迹,不像娘那一代绣的花是平针,深浅之间,界限分明,一道一道的。小英子就像个书童,又像个参谋:

"画一朵石榴花!"

"画一朵栀子花!"

她把花掐来,明海就照着画。

到后来,凤仙花、石竹子、水蓼、淡竹叶、天竺果子、蜡梅花,他都能画。

大娘看着也喜欢,搂住明海的和尚头:

"你真聪明!你给我当一个干儿子吧!"

小英子按住他的肩膀,说:

"快叫!快叫!"

小明子跪在地上磕了一个头,从此就叫小英子的娘做干娘。

大英子绣的三双鞋,三十里方圆都传遍了。很多姑娘都走路坐船来看。看完了,就说:"啧啧啧,真好看!这哪是绣的,这是一朵鲜花!"她们就拿了纸来央大娘求了小和尚来画。有求画帐檐的,有求画门帘飘带的,有求画鞋头花的。每回明子来画花,小英子就给他做点好吃的,煮两个鸡蛋,蒸一碗芋头,煎几个藕团子。

因为照顾姐姐赶嫁妆,田里的零碎生活小英子就全包了。她的帮手,是明子。

这地方的忙活是栽秧、车高田水、薅头遍草,再就是割稻子、打场了。这几茬重活,自己一家是忙不过来的。这地方兴换工。排好了日期,几家顾一家,轮流转。不收工钱,但是吃好的。一天吃六顿,两头见肉,顿顿有酒。干活时,敲着锣鼓,唱着歌,热闹得很。其余的时候,各顾各,不显得紧张。

薅三遍草的时候,秧已经很高了,低下头看不见人。一听见非常脆亮的嗓子在一片浓绿里唱:

栀子哎开花哎六瓣头哎……
姐家哎门前哎一道桥哎……

明海就知道小英子在哪里,三步两步就赶到,赶到就低头薅起草来。傍晚牵牛"打汪",是明子的事——水牛怕蚊子。这里的习惯,牛卸了轭,饮了水,就牵到一口和好泥水的"汪"里,由它自己打滚扑腾,弄得全身都是泥浆,这样蚊子就咬不透了。低田上水,只要一挂十四轧的水车,两个人车半天就够了。明子和小英子就伏在车杠上,不紧不慢地踩着车轴上的拐子,轻轻地唱着明海向三师父学来的各处山歌。打场的时候,明子能替赵大伯一会儿,让他回家吃饭。——赵家自己没有场,每年都在荸荠庵外面的场上打谷子。他一扬鞭子,喊起了打场号子:

"格当嘚——"

这打场号子有音无字,可是九转十三弯,比什么山歌号子都好听。赵大娘在家,听见明子的号子,就侧起耳朵:

"这孩子这条嗓子!"

连大英子也停下针线:

"真好听!"

小英子非常骄傲地说:

"一十三省数第一!"

晚上,他们一起看场。——荸荠庵收来的租稻也晒在场上。他们并肩坐在一个石磙子上,听青蛙打鼓,听寒蛇唱歌,——这个地方以为蝼蛄叫是蚯蚓叫,而且叫蚯蚓叫"寒蛇",听纺纱婆子不停地纺纱,"沙——",看萤火虫飞来飞去,看天上的流星。

"呀!我忘了在裤带上打一个结!"小英子说。

这里的人相信,在流星掉下来的时候在裤带上打一个结,心里想什么好事,就能如愿。

……

"捋"荸荠,这是小英子最爱干的生活。秋天过去了,地净场光,荸荠的叶子枯了,——荸荠的笔直的小葱一样的圆叶子里是一格一格的,用手一捋,哔哔地响,小英子最爱捋着玩,——荸荠藏在烂泥里。赤了脚,在凉津津滑溜溜的泥里踩着,——哎,一个硬疙瘩!伸手下去,一个红紫红紫的荸荠。她自己爱干这生活,还拉了明子一起去。她老是故意用自己的光脚去踩明子的脚。

她挎着一篮子荸荠回去了,在柔软的田埂上留了一串脚印。明海看着她的脚印,傻了。五个小小的趾头,脚掌平平的,脚跟细细的,脚弓部分缺了一块。明海身上有一种从来没有过的感觉,他觉得心里痒痒的。这一串美丽的脚印把小和尚的心搞乱了。

……

明子常搭赵家的船进城,给庵里买香烛,买油盐。闲时是赵大伯划船;忙时是小英子去,划船的是明子。

从庵赵庄到县城,当中要经过一片很大的芦花荡子。芦苇长得密密的,当中一条水路,四边不见人。划到这里,明子总是无端端地觉得心里很紧张,他就使劲地划桨。

小英子喊起来:

"明子!明子!你怎么啦?你发疯啦?为什么划得这么快?"

……

明海到善因寺去受戒。

"你真的要去烧戒疤呀?"

"真的。"

"好好的头皮上烧八个洞,那不疼死啦?"

"咬咬牙。舅舅说这是当和尚的一大关,总要过的。"

"不受戒不行吗?"

"不受戒的是野和尚。"

"受了戒有啥好处?"

"受了戒就可以到处云游,逢寺挂褡。"

"什么叫'挂褡'?"

"就是在庙里住。有斋就吃。"

"不把钱?"

"不把钱。有法事,还得先尽外来的师父。"

"怪不得都说'远来的和尚会念经'。就凭头上这几个戒疤?"

"还要有一份戒牒。"

"闹半天,受戒就是领一张和尚的合格文凭呀!"

"就是!"

"我划船送你去。"

"好。"

小英子早早就把船划到荸荠庵门前。不知是什么道理,她兴奋得很。她充满了好奇心,想去看看善因寺这座大庙,看看受戒是个啥样子。

善因寺是全县第一大庙,在东门外,面临一条水很深的护城河,三面都是大树,寺在树林子里,远处只能隐隐约约看到一点金碧辉煌的屋顶,不知道有多大。树上到处挂着"谨防恶犬"的牌子。这寺里的狗出名的厉害。平常不大有人进去。放戒期间,任人游看,恶狗都锁起来了。

好大一座庙!庙门的门槛比小英子的膝都高。迎门矗着两块大牌,一边一块,一块写着斗大两个大字:"放戒",一块是:"禁止喧哗"。这庙里果然是气象庄严,到了这里谁也不敢大声咳嗽。明海自去报名办事,小英子就到处看看。好家伙,这哼哈二将、四大天王,有三丈多高,都是簇新的,才装修了不久。天井有二亩地大,铺着青石,种着苍松翠柏。"大雄宝殿",这才真是个"大殿"!一进去,凉飕飕的。到处都是金光耀眼。释迦牟尼佛坐在一个莲花座上。单是莲座,就比小英子还高。抬起头来也看不全他的脸,只看到一个微微闭着的嘴唇和胖墩墩的下巴。两边的两根大红蜡烛,一搂多粗。佛像前的大供桌上供着鲜花、绒花、绢花,还有珊瑚树、玉如意、整棵的大象牙。香炉里烧着檀香。小英子出了庙,闻着自己的衣服都是香的。挂了好些幡。这些幡不知是什么缎子的,那么厚重,绣的花真细。这么大一口磬,里头能装五担水!这么大一个木鱼,有一头牛大,漆得通红。她又去转了转罗汉堂,爬到千佛楼上看了看。真有一千个小佛!她还跟着一些人去看了看藏经楼。藏经楼没有什么看头，都是经书！妈吔！逛了这么一圈，腿都酸了。小英子想起还要给家里打油，替姐姐配丝线，给娘买鞋面布，给自己买两个坠围裙飘带的银蝴蝶，给爹买旱烟，就出庙了。

等把事情办齐，晌午了。她又到庙里看了看，和尚正在吃粥。好大一个"膳堂"，坐得下八百个和尚。吃粥也有这样多讲究：正面法座上摆着两个锡胆瓶，里面插着红绒花，后面盘膝坐着一个穿了大红满金绣袈裟的和尚，手里拿了戒尺。这戒尺是要打人的。哪个和尚吃粥吃出了声音，他下来就是一戒尺。不过他并不真的打人，只是做个样子。真稀奇，那么多的和尚吃粥，竟然不出一点声音！她看见明子也坐在里面，想跟他打个招呼又不好打。想了想，管他禁止不禁止喧哗，就大声喊了一句："我走啦！"她看见明子目不斜视地微微点了点头，就不管很多人都朝自己看，大摇大摆地走了。

第四天一大清早小英子就去看明子。她知道明子受戒是第三天半夜，——烧戒疤是不许人看的。她知道要请老剃头师傅剃头，要剃得横摸顺摸都摸不出头发茬子，要不然一烧，就会"走"了戒，烧成了一片。她知道是用枣泥子先点在头皮上，然后用香头子点着。她知道烧了戒疤就喝一碗蘑菇汤，让它"发"，还不能躺下，要不停地走动，叫做"散戒"。这些都是明子告诉她的。明子是听舅舅说的。

她一看，和尚真在那里"散戒"，在城墙根底下的荒地里。一个一个，穿了新海青，光光的头皮上都有八个黑点子。——这黑疤掉了，才会露出白白的、圆圆的"戒疤"。和尚都笑嘻嘻的，好像很高兴。她一眼就看见了明子。隔着一条护城河，就喊他：

"明子！"

"小英子！"

"你受了戒啦？"

"受了。"

"疼吗？"

"疼。"

"现在还疼吗？"

"现在疼过去了。"

"你哪天回去？"

"后天。"

"上午，下午？"

"下午。"

"我来接你！"

"好！"

……

小英子把明海接上船。

小英子这天穿了一件细白夏布上衣,下边是黑洋纱的裤子,赤脚穿了一双龙须草的细草鞋,头上一边插着一朵栀子花,一边插着一朵石榴花。她看见明子穿了新海青,里面露出短袄子的白领子,就说:"把你那外面的一件脱了,你不热呀!"

他们一人一把桨。小英子在中舱,明子扳艄,在船尾。

她一路问了明子很多话,好像一年没有看见了。

她问,烧戒疤的时候,有人哭吗?喊吗?

明子说,没有人哭。有个山东和尚骂人:

"俺日你奶奶!俺不烧了!"

她问善因寺的方丈石桥是相貌和声音都很出众吗?

"是的。"

"说他的方丈比小姐的绣房还讲究?"

"讲究。什么东西都是绣花的。"

"他屋里很香?"

"很香。他烧的是伽楠香,贵得很。"

"听说他会做诗,会画画,会写字?"

"会。庙里走廊两头的砖额上,都刻着他写的大字。"

"他是有个小老婆吗?"

"有一个。"

"才十几岁?"

"听说。"

"好看吗?"

"都说好看。"

"你没看见?"

"我怎么会看见?我关在庙里。"

明子告诉她,善因寺一个老和尚告诉他,寺里有意选他当沙弥尾,不过还没有定,要等主事的和尚商议。

"什么叫'沙弥尾'?"

"放一堂戒,要选出一个沙弥头,一个沙弥尾。沙弥头要老成,要会念很多经;沙弥尾要年轻,聪明,相貌好。"

"当了沙弥尾跟别的和尚有什么不同?"

"沙弥头,沙弥尾,将来都能当方丈。现在的方丈退居了,就当。石桥原来就是沙弥尾。"

"你当沙弥尾吗?"

"还不一定哪。"

"你当方丈,管善因寺?管这么大一个庙?!"

"还早呐!"

划了一气,小英子说:"你不要当方丈!"

"好,不当。"

"你也不要当沙弥尾!"

"好,不当。"

又划了一气,看见那一片芦花荡子了。

小英子忽然把桨放下,走到船尾,趴在明子的耳朵旁边,小声地说:

"我给你当老婆,你要不要?"

明子眼睛鼓得大大的。

"你说话呀!"

明子说:"嗯。"

"什么叫'嗯'呀!要不要,要不要?"

明子大声地说:"要!"

"你喊什么!"

明子小小声说:"要——!"

"快点划!"

英子跳到中舱,两只桨飞快地划起来,划进了芦花荡。

芦花才吐新穗。紫灰色的芦穗,发着银光,软软的,滑溜溜的,像一串丝线。有的地方结了蒲棒,通红的,像一枝一枝小蜡烛。青浮萍,紫浮萍。长脚蚊子,水蜘蛛。野菱角开着四瓣的小白花。惊起一只青桩(一种水鸟),擦着芦穗,扑鲁鲁鲁飞远了……

1980年8月12日,写四十三年前的一个梦

汪曾祺

(1920—1997)江苏高邮人。1940年开始小说创作。1958年被划成右派,1979年恢复写作。1982年加入中国作家协会。出版有小说集《邂逅集》《晚饭花集》《汪曾祺短篇小说选》,儿童小说集《羊舍的夜晚》,散文集《蒲桥集》,文论集《晚翠文谈》及《汪曾祺全集》(8卷)等。小说《大淖记事》获1981年全国优秀短篇小说奖。

山月不知心里事

周克芹

一

把汗湿的灰布衣服脱了,换上一件月白色的的确良衬衫。新的,绷得紧紧的,怪不舒服。她扣完最后一个扣子跨出小屋。

堂屋里新装的电灯雪亮。三妹放下饭碗,惊叫了:"姐姐好漂亮哟!"

嫂嫂正好收拾碗筷,可她在一瞥之间就发觉一个问题,忙说:"容儿穿上白的不好,脸皮子越发的显得黑了呢!"

容儿淡淡地一笑:"是么?"她扯了扯衣服的下摆,故意挺起胸脯来。

三妹又嘻嘻地笑了,用羡慕的目光盯着姐姐。

母亲蹲在门口切猪草,抬起头来看,不由皱了眉。问道:"又上哪儿去?"

"出去。"容儿这样说。

"出去干啥子?"母亲站起来了,手上拿着菜刀,直挺挺站在门当头,"黑天墨地的,不上床睡觉,还出去东串西串的?"

嫂嫂忙说:"娘,人家有事情嘛!"

"啥子事情?"母亲的声音很大,"如今各家各户做庄稼啦,还要你们管什么闲事?不开会,你是过不惯么?"

容儿的脸色顿时阴沉下来了。

自从"各家各户做庄稼"以后,母亲一下子变得精神起来了,好像早已逝去的青春又在她身上复活了,起早贪黑,屋里屋外忙个不停,儿女们在她手下,没一会儿偷闲的工夫。小春庄稼收上手了,除了交队里,还超产一千多斤,大春就要下种了,她心里充满了信心。她清楚地记得,当她还在做姑娘的时候,她父母把她管教得可严格呢,天黑以后必须吹灯上床,说是为了养足精神,第二天好干活路。农忙时间更是如此,不管你睡得着睡不着,都得熄灯上床。那会儿,她可老实呢,她从不东想西想,能很快睡得像死了似的。如今,时隔三十年,真没想到,她从她母亲那儿领教过的一点经验,居然还有机会向她的儿女们推广起来。

老太婆了,也喜欢"权"字。这许多年来,是生产队队长每天指示她干这干那。如今呢,她每日每时向儿女们发号施令,叫他们干这干那,不管儿女们高兴不高兴听,她都觉得愉快,她需要在她行将就木之前,满足一下"权力"欲。儿女、媳妇们暗暗觉得她很可笑,但都愿意原谅她,不和她顶撞。

"各人睡觉去!明早得把干粪担到地里去,人家方生全家的,麦桩都拔干净了!"她说完又蹲下去切猪草。

容儿向嫂嫂看了一眼。嫂嫂比容儿也大不了几岁,对于容儿出门的理由,她虽不知底细,可凭着她的聪明和她自己做姑娘时候的经验,立即就能猜到。她同情容儿,支持容儿,于是忙对母亲说道:"娘,今晚有电影呢……"

容儿更着急了。嫂嫂在撒谎了:前天晚上才来过电影呀!

母亲听着儿媳的话,就把一腔怨愤转到电影队身上去了。她埋怨放电影的,为什么偏在这农忙时候来得这么勤。

三妹听说有电影,就嚷着要去看。母亲呵斥道:"不认字啦?不做作业啦?"老人家把庄稼看得重,可也有那种"读书高"的思想。三妹都十六岁了,如今虽然"各家各户做庄稼",人手最金贵了,可老大娘还是赔钱叫三妹上学读书,而且生怕三妹的考试分数落在隔壁方家妹子之后。她可好强呢!她希望自家的一切都超过方家。

在母亲的高声呵斥下,三妹不敢再嚷嚷了。趁这工夫,嫂嫂向容儿努一努嘴,容儿忙侧着身子轻轻地走出门去了。

母亲上前安慰三妹说:"电影有个啥看头嘛?还不就是一块白布,几个人影子……好好儿做功课,书,吞在肚里,贼娃子都偷不到……"

二

容儿走出门来了。院墙爬满了丝瓜藤,还有牵牛花。丝瓜是娘种的,牵牛花是容儿种的。上肥的时候,母亲偏心眼儿,丝瓜苗吃得又饱又足。如今藤儿爬起来,这派势可壮了,把又瘦又小的牵牛藤儿掩盖在它肥大的绿叶下,露不出脸儿来。容儿在院墙下站了站。她已经忘记了牵牛花的委屈;就算还没忘吧,她也不计较这件事情了。近日来,她心头装着更大的委屈。

天上有一抹淡淡的浮云。初升的圆月在薄薄的云后面窥视大地。山峦、田野、竹园、小路,一切都是这样的朦朦胧胧,好像全都被融解在甜甜的梦幻中。庄稼人在整天的劳累之后,老天爷就给安排下这样的静静的夜晚,这样的融融的月光,好让人们舒舒服服地进入梦乡。

容儿望着荷塘那边的依稀可见的小路,她希望从那儿走过一个人来。突然,院墙的拐角处闪出一条黑影,"哇"地叫了一声,跳到容儿面前,一把抱住了她。容儿真的被吓了一跳。她的鼻孔里钻进一股浓浓的香水味儿。

"死女子!你把我吓得……"容儿挣脱了。

是巧巧,和容儿一般年纪的姑娘,她已经来了一些时候了。

容儿问:"来了多久啦?咋不进屋叫我一声?"

巧巧做个鬼脸:"我才不敢哩!你娘好凶哟!我怕她把我赶出去呢……前几天她还对我妈扯葫芦骂瓢呢:'如今呀,各家各户做庄稼啦,还什么工作不工作的!我家容儿又不是拿固定补贴的干部,有人硬把她缠住不放,工作、工作,不是硬叫我们赔本么!各家的人,各家管着点……'我妈呢,回来就骂我了,不让我再上你们家来。"

容儿听着,轻轻叹了口气。

巧巧又说:"我和你从小一块长大,你们家的门,我哪天不进出几回的?你娘啥时候讨厌过我……可现在,突然就这么生疏起来了……"

她的嗓门挺大,像是说给满世界的人听。容儿性子和她不一样,文静多了,忙推了她一下,打断她的话。

巧巧脸都涨红了,怔怔地望着容儿。

容儿说:"走吧,不是说好了到小翠家里去么,快走吧。"

朦胧的月光,照着两个姑娘绕过荷塘,她们的脚步声惊动了从塘里爬上岸来的小蛤蟆儿,小蛤蟆儿纷纷跳回塘里去,有的跳进水里了,发出轻微的唧唧声,有的跳在张开的荷叶上,啵啵啵的,像落下一阵雨点。容儿挺会走,她轻盈地跳跃着。巧巧不会走,不时踩着一只小蛤蟆,软绵绵的,她就失声叫唤起来。好容易绕到路上来了。

巧巧说:"这鬼东西才讨厌!"

容儿说:"都说是今年要涨大水呢,蚂蚁儿上岸。"

巧巧问:"你也相信封建迷信了?"

容儿说:"这也是迷信么?人家有科学根据。"

巧巧赌气说:"算了吧,还说啥'科学根据'!科研小组都散伙了,你还……"

迎面走来一个人,巧巧看见了,没往下说。

容儿向着来人叫了声:"哥,你……"

容儿的哥哥才从"包产地"里收工回家。趁着月光挖了一阵麦桩地,这个身材粗壮的汉子疲倦得不行了。

巧巧挖苦说:"嗨,王哥好展劲哟!要当冒尖户了吧?"

容儿的哥哥是个厚道人,听不出别人话里的意思,他只疲乏地笑一笑,说:

"冒不了尖呢,这会儿好些人家都还在挖地,我算什么……"

容儿体贴地说:"快回家吃饭吧,嫂嫂还等你呢,我们都吃过了。"

他并不盘问妹妹的行踪,扛着锄头径直回家去了。

巧巧笑道:"你哥哥真好。"

容儿回答:"就是。"

"他从前好懒呵……"

"是的,快三十岁的人了,还打单身,队里年年没钱分,家里穷得叮当响。他觉得没前途,就灰了心,什么也不想干。他不是懒人。嫂嫂过门来以后,他大变了。"

"你嫂嫂把他管住了。"

"不是。不完全是。队里的制度变了,包了产,他有责任了,不干不行。"

巧巧又笑了,说:"人家说,庄稼人的心,只有土地和女人才拴得住。嘻嘻……"

"谁说的?"

"书上说的。"

"哪本书?借我看看。"

"不,不给你看。"

"我晓得,你就会胡编。"

"胡编么?"巧巧赶上前一步,跟容儿挨挨挤挤地并排走,田坎小路窄窄的,谁不小心,谁就会踩到一旁的田里去,田里刚刚插了秧。

容儿说:"鬼丫头,你疯啦,挤什么呀?"巧巧争辩道:"你为什么说我'胡编'啦?你哥哥不就是那样么?前几年他不出工,你不是批评过他么?团支部不是也研究过帮助他么？队上开社员大会还点名批判过他,可是管什么用？……包了产以后,你嫂嫂又过门来,他不就变样了？……我怎么是'胡编'？人家有事实根据呢!"

说着,巧巧叹了口气。这姑娘成天爱说爱笑,像个小喜鹊似的,这会儿却长长地叹了口气。

容儿问她:"怎么不往下说？呻唤什么呀？"

巧巧说:"容儿姐,我看自从兴起新的责任制以来,不管是老年人、中年人,还是青年人,积极性都高了。我们这些团干部,平常自以为蛮积极的,老是嫌人家思想落后……可现在,我们倒显得没人家积极了,我们落后了,我总感觉到有些……孤单……"

"是么？"容儿心里一沉,像是什么撞在她的心上,她站住了。望身边的巧巧,溶溶的月光下,巧巧依然在笑,明眸皓齿,形影清秀。

"看什么？"巧巧扬了扬眉说,"你以为我在哭？我才不哭!……我在思考哩。我想我们这些人,为什么会有这种讨厌的情绪:孤单!"

容儿咬着嘴唇,她想哭。

巧巧又说了,声音挺大:"有时候,真想选个合适的人家,嫁出去算了,一辈子总得嫁人!……有个学木匠的,人也挺不错,可是……"

容儿捏了捏巧巧的胳臂。巧巧忙放低了声音问:"怎么啦!"

容儿挽着巧巧,顺着一条拐了弯的田坎继续走去。月光突然明亮起来了。

容儿看看天,天上的浮云已不知去向。低下头来,月亮映在水田里,在她的脚下边。水里的月亮跟着她们走。

巧巧要是不说话,就不是巧巧了。她总是顺着自己那不成章法的零乱的思路唠叨。一边走着,一边又说了:"小翠不就是这样么:在从学校毕业回来的时候,多积极呀！发誓要用自己的双手改变大队的山河面貌。组织铁姑娘战斗队那阵,你看她干劲多大……后来呢,她那天对我说:'包产到户'好是好,可是老头子领着一家大小一天到晚在几块地里干活,天天一个样,想说句话也没个对象！干脆走吧,换个地方吧……'小翠说走就走,好快呵,明天就是结婚的日子了。算起来,她比我们还小一岁……她哥哥说了:'魔鬼的引诱胜过上帝的召唤。'他哥本来不同意这门亲事,那男的不行,什么都比小翠差劲儿,还不就是有钱！家里是冒尖户,就一个独子……"

巧巧还往下说着。可容儿不再听了。她想着小翠的哥哥,那个"怪人"！

这些青年,跟他们的上辈是很不相同的。他们上过学,念完了高中或初中,除了一年四季庄稼经,他们心里装着比父母兄嫂们更丰富得多的东西。他们不满足,他们给农村的古朴的生活带来了某些变化。这种变化是很微小的,却是不容忽视的。在这个大队,小翠的哥哥在青年们心目中是大伙默认了的"首领"。他读的书比谁都多,他担任大队会计以后,突然大胆地推行起生产责任制来,什么"包产到组"、"包产到户",什么"专业承包、联产计酬"等,十个生产队就有几个花样。起初大队支书都反对他。他因此得罪下了一些生产队长和大队干部。可他满不在乎,社员们不反对他,一年下来,大家都得到了好处,那些记恨他的人也少了。可是,青年们却不理解他,和他疏远起来了。容儿、巧巧她们从前常到小翠家里去的,近来也走得稀少了,就连小翠也骂她哥哥是"冒险家",是"大人物"。在容儿心中,他是个"怪人"。可是,偏巧这个"怪人"对她有种说不清楚的吸引力。

巧巧的话已经往哪州哪国绕了一圈,容儿不知道。这会儿,定了定神,却听她在说:

"……真是闷得慌,我就偷偷写起小说来了。我把农村各式各样的人都写进小说里。还没写完,小翠给抢了去看,却又叫她哥哥发现了。那个死猴儿,就在人家稿纸上修改起来了,'土地、女人'什么什么的……"

"改得好么?"容儿不经意间问,她并不十分注意听巧巧的叙述。她倒是很注意地望着水田里的月亮,这月亮一步不挪地紧紧跟着她。不等巧巧回答,她又说了句:"你就没有对我说过,你在写小说。"

巧巧说:"我怕你呢。"

容儿不看月亮了,侧过脸来望着巧巧问:

"怕我?"

"是怕你。因为……我写了一家人:老娘自私透了,刻得很;儿子呢,三十岁娶不上亲,又穷又懒;一个姑娘呢,二十多岁了,成天劳动,还做着团支书的工作,因为队里穷,家里穷,她一年四季都穿着又厚又粗的衣服,布的颜色又老,想买一件的确良衬衫吧,没笔开支,有一次,在供销社看见那种雪白的薄薄的乳罩,她多想买一件回去戴起来呀!可就是……"

"去去去……别说了。"容儿狠狠地拧了她一把。

巧巧哎哟一声笑道:"偏说!不怕你了,还没说完呢!"

容儿捂着耳朵:"我不听……"

"好,你不听算了,"巧巧还吃吃地笑着,"后面还……"

容儿是个诚实的女子,从小过惯了俭朴的日子,对于生活上吃喝穿戴的事,不挑剔,不计较,更不嫉妒人家。有些事情,过了,她也不再去想。可是,巧巧此刻突然提起一件过去的小事来,事情是再小不过了,却是这样的使她难为情……四年前的事了,那一天她和巧巧去公社开会,经过供销社的时候,巧巧拉她进去,巧巧向她介绍戴上乳罩的种种好处。那时候她们都是十八九岁的姑娘。她在柜台前站了一阵,心里好难受、好委屈呵!她那时是队里科研小组组长,一年挣三千多分,不算少了,可是一年四季她手上没有一个零钱。队里穷,家里也穷,为了哥哥的婚姻大事,母亲把每一分钱,每一个鸡蛋换来的钱,全都积攒起来;要不,又有什么办法呢!做妹妹的甘愿为哥哥的事吃苦。然而,当时她多么希望自己有那样一件小玩意儿呵!她离开柜台时,心里很不平静,她平生第一次感受到"委屈"的苦涩味。过了两个年头了,生活也有了不小的变化。农村姑娘需用的一些小玩意儿,对于容儿来说,早已不是个问题,哥哥又十分体谅她,有了收入,总是不忘给妹妹一点钱,由她去支配。但是,这一切都是怎么样在变化呢?每走一步,都需要回头去看一看?对于一个农村姑娘,也有这个必要么?容儿什么时候变得"贪心"了,"不知足"了?她很不满意自己有这种情绪。她轻轻叹了口气。月亮在水田里慢慢移动,伴着她的缓缓脚步。巧巧侧过脸去看她,只见她那双十分好看的眼睛里噙着泪,亮晶晶的。她发现巧巧在窥视着自己,忙扭过头去。月亮在水田里变成模糊的、破碎的了。

巧巧说道:"嗨,你哭啦?刚才你拧我一把,这会儿还痛呢!我都没哭,你倒……"

容儿打断她的话:"讨厌!哪个哭了?"

巧巧说:"你别不认账哪,哭了就哭了,怕什么?我这人爱笑又爱哭,可你呢,不爱笑,不爱哭,把什么都装在心里,怕人知道了,也不嫌闷得难受!"

容儿不言语。她加快了脚步。

转过一个田角,容儿隐约听到山边的麦桩地里传来一种熟悉的响声:嚓——嚓——嚓。有人还在那儿挖地。巧巧没有听见,只顾说话:

"容儿,你真的在想什么呀?"她见容儿依然不理她,便紧追着又问:"想出嫁了,是不是?"

容儿轻声回答:"不。哎,别那么没得出息吧。嫁了人,不见得能够把一切问题都解决了。要是能够……"她住了嘴。

巧巧吃惊地望着容儿,等着她往下说。

容儿叹了口气,低头拢一拢自己乌黑的头发,说:"真讨厌!"

"你骂我?"

"不,我骂我自己。我都快变成个老太婆了。"

巧巧疑惑地望着容儿。

和巧巧比,容儿更丰满结实,干地里的农活,力气也更大些,可以干小伙子们能干的一切粗活、力气活。巧巧不知道她为什么说出这种丧气话来。幸好静静的月夜里,没有谁听见。

三

麦桩地里站着一个男的,光着膀子,拄着一把锄头。月光下,他显得很矫健。其实呢,他的相貌平常,个子也不高,是不能用一般的"英俊"二字去形容的。

他的下颚宽大,显得坚强而又笨拙。笑起来,嘴巴比常人都更大些。这会儿,他已经认出了容儿和巧巧。他不知道自己笑起来是很难看的,他笑着,招呼道。

"喂,二位……到哪儿去呀?"

容儿有些吃惊地站住了。她没有想到会在这儿遇见他。巧巧的嘴不让人,忙说;"你招呼的什么?'二位'……什么二位三位的,难听死了!"她接着又责备道:"嗨,你才好哩!你亲妹子明天就出嫁了,今天来了那么多客人,你不在家里帮帮忙,叫你老妈妈累死呀?你呀……真是个'大人物'!"

那人依然笑着,大嘴里露出两排坚实的发亮的牙齿。容儿想问:"你为什么在这儿挖地呀?这不是你们家的包产地……"他们两家不在一个生产队。但她知道他家的包产地都在山坡上,不在水田边。小翠告诉过她:"我哥假积极,没人包的山坡地,他包。累死我了。哪个姑娘嫁到我们家来,只有跟着他受累。"

容儿远远地站立着,什么也没有问。她望着他。月影朦胧,他不知道容儿在盯着自己。

"没得客人。小翠这几天不知为啥不高兴,几家亲戚要来赶礼,她早早的就把人家推了。小翠做事就是这样……"

他这样回答巧巧。容儿听了一愣,想问:"为什么啦?"但她仍然没开口。

巧巧又说了:"是后悔了吧。当初就不该那么急急忙忙做决定。明全哥,你说是不是?"

明全摇摇头回答:"明摆着嘛,还用问。你们二位……是给小翠告别去的吧?"

"是呀,"巧巧说。她望了一眼容儿,容儿忙说道:"是的,我们看小翠去。"

"好吧,快去吧,一会儿转来,我还有几件事要给你们说。"

巧巧说:"好的。"

容儿却说:"什么事?现在就说吧。"

"也好,我们在田埂边坐一会儿吧。"明全说着,把单衣披在肩上。

三人坐在田埂上。明全点燃一支纸烟。他悠闲地吐着烟圈儿。巧巧靠着容儿的肩膀,催促明全快说。容儿两眼盯着面前的田水,她又看见水里的月亮了。刚才,她走,月儿也跟着走,这阵她坐下,月儿也不走了,就这么静静地守候在身旁,等待着她。

山月不知心里事

明全皱起眉头,开言道:"自从生产责任制搞起来以后,大家都不再缺口粮了,这是第一步。现在……"

巧巧打断他的话:"我猜你要说点啥子新鲜的,却还是那个责任制,真是三句话不离本行。我们不想听这个。走吧。"

容儿轻轻捏了捏巧巧的腿。巧巧终于没有站起来。

明全又笑了,说:"我晓得,你们二位在实行责任制问题上一直是反对派。"

"什么?'反动派'?你这帽儿才不小呢!"巧巧大声抗辩。

"不,我是说的'反对派'……不,不,用词不当。你们是属于'忧虑派'。对了,'忧虑派'……哈哈哈!"

巧巧还是不依:"你是帽子公司,你是'四人帮'流毒,你是冒险家……"

明全笑得更响了,这笑声有一种力量,冲击着这初夏夜晚的宁静。满腹心事儿的容儿此刻也不由得被他的笑声感染,露出一丝笑意来。她轻轻推了推巧巧,说:"莫开玩笑,让他说说正题目吧——找我们,有什么事?"这最后一句是向明全问的,虽然她并未抬头看他。

巧巧自己也笑起来,一头栽倒在容儿的怀里。容儿低头看着水田里的月亮。她感觉到明全在注视着自己。她不明白为什么会有这种感觉。眼前水底的月亮摇晃起来,变成了活的、碎的了。她抬起头,掠着披散在额前的头发。呵,起风了。

明全吸着烟,问:"巧巧,你的小说快发表出来了吧?"

"还没有写完呢。"巧巧回答。

"怎么?还没有写完?不就只差一个结尾了嘛。"

"结尾最难写。我不写了……我本来就是写着耍的呢!"

巧巧说着,望了容儿一眼。容儿一听他们的话题扯到小说上去,就不由得脸红起来了。

"唉,可惜!"明全不无遗憾地叹息一声,说,"我劝你还是把它完成吧!你那小说里写的那家人,有什么变化,你如实地写出来不就对了嘛……小春粮食超产一千斤,是吧?连同分配的口粮在一起,家里没处放,卖了六百斤议价粮,是吧?那个老大娘高兴得不得了,这一回,据说老人家一点儿也不'克'啦!把卖粮食的钱全数交给儿子、媳妇、女儿去安排,一家人早早地就把夏天里穿的衣裳都制好了,是不是?那个大女儿,新添了两套'料子',衬衣是月白色的……是不是?这,和四年前买不起一件'小玩意儿',不是鲜明的对比么……"

巧巧从容儿怀中坐了起来,注意地看了容儿一眼,忙偏过身子去对着明全说:"不要你多管闲事,我说过——不写了!你别……"

明全笑道:"怎么,这个结尾不是很漂亮,很真实么……呃,容儿,你说真实不真实?"

巧巧有点慌张，忙回头盯着容儿。她是怕容儿又会生起气来。

但容儿什么也没有说。她低着头心里想着："这个怪人，他什么都知道……"

容儿不回答，使明全感到有些诧异，他问容儿看过巧巧正在写的小说没有。容儿故作平淡地回答："没有看过。"

"没有看过？"明全兴致蛮高的，"我来讲给你听听！"

容儿迟疑了一下，马上回答说："我不听。"

"为什么？"明全问。

巧巧忙回答说："你这个人才怪哩！挖根儿挖底儿，人家不听就不听嘛，你还问……"她拉着容儿的手说："走吧，找小翠去！"

容儿没有动。不知怎么的，她愿意在这潮湿的田埂上多坐一会儿，听凭清风吹拂她滚烫的面颊。近两年，容儿家里生活的明显变化，她并不是不知道——哪能不知道呢！她又不是一个傻女子。然而，却只有在今夜，在此刻对于变化了的生活，她才强烈地感觉到了。就像前两年，有人对她说："哎呀，你长这么高了，长成个大姑娘了。"经人家这么一说，她才感到自己真的长大长高了，再不是个小女孩了。

巧巧见容儿不动，便又向明全说：

"别东拉西扯了，你不是有什么事情要给我们说么？快说正题目吧。"

"对不起，"明全说，"我要转告你们二位的是明天晚上吃过夜饭到大队开会，研究科研组的工作……"

巧巧忙说："科研组，不是都散伙了嘛！"

"嘿嘿，散伙了，这事儿该我做检讨。不能散。还要办一个农业技术夜校，把青年们组织起来学习科学技术……"

容儿突然插嘴问："是么……这是真的么？"

明全认真地说："今天支委会上决定的。你们的忧虑，也是当前我们工作中存在的问题，上级注意到了。"

容儿依旧淡淡地说："注意到，就好了。"暗地却吐了口长长的气，心里感到有说不出的舒坦。

明全说："不过，科研组不能像过去那样吃大锅饭。"

容儿答道："我们都不是懒人。我们小组愿意给生产队订立承包合同。"

明全忙说："当然，也不会叫你们吃亏。"

他说罢，纵声大笑起来。这是富于感染力的青年男子的笑声。

明全笑了一阵，正要说话，一个老汉走过来了。容儿认得，这个挂棍子的老汉姓马，忙招呼了一声："马大爷。"而与此同时，她忽然想起来了：马大爷的老伴害了病，进了医院，儿子、媳妇都到医院服侍老母亲去了，土地没有人来种……

"这个怪人……"容儿心里这样说。马大爷正和明全说什么,容儿完全没听。她注意地望着明全那消瘦下去了的脸颊。她心中暗暗责备起自己来。而那种讨厌的委屈情绪,已随着清风吹散,在宁静的月夜中消失了,消失得无影无踪,好像从来都不曾有过似的。

四

容儿回到家里来了。矮墙里,满院子如水的月光。

她和巧巧在小翠家里没有待一会儿,对出嫁还一点都没有兴趣的、充满着事业心的姑娘,不想待在那个心事重重的小翠身边。她们告辞了。她们约定明晚一块儿去大队参加会议,她们还商量着怎样向家里的人争取那一点"自由"。她们高高兴兴地在荷塘那儿分手了。

容儿在院子里站着,还不想进屋里睡呢。月亮高高悬挂在中天。西屋里传来嫂嫂的甜蜜的笑声。一会儿,哥哥又笑起来了。是的,有多少年了,哥哥不曾像这样笑过。

容儿掀开东屋的板门。她没有点灯,轻轻闩好房门,从母亲床前经过的时候,老太婆迷迷糊糊地问道:

"回来啦?演的啥子电影片子?"

容儿从来不会撒谎。她只好回答说:"演的……最好看的电影。"

老太婆没有听清楚容儿的回答,又睡死了。

容儿躺着,却睡不着。亮瓦把一块月光投在她身上,她忙拉开铺盖将自己裹起来。

原载《四川文学》1981 年第 8 期

周克芹

(1936—1990)原名周克勤。四川省简阳市石桥镇人。1980年加入中国作家协会。曾任中国作家协会理事、中国作家协会四川分会常务副主席、《现代作家》杂志主编。

1959 年开始文学写作。1963 年发表第一篇短篇。出版有中短篇小说集《二丫和落魄秀才》《石家兄妹》《周克芹短篇小说集》,长篇小说《许茂和他的女儿们》等。小说《勿忘草》《山月不知心里事》分别获 1980 年和 1981 年全国优秀短篇小说奖,长篇小说《许茂和他的女儿们》获首届茅盾文学奖。

琥珀色的篝火

乌热尔图

猎人尼库和他的儿子秋卡,还有妻子塔列走在山路上。

尼库高个儿头。他那被九月的太阳晒得发黑的脸,拉得挺长,显得很难看。秋卡头发蓬乱,牵着驯鹿,一窜一窜地跟在父亲身后,几乎在小跑。孩子的母亲骑在一头粗壮的驯鹿背上,弓着腰,垂着头,用深绿色的头巾包住额头。还有两头驮着炊具和行装的灰白色驯鹿,张着大嘴,晃着锯掉了茸角的光秃秃的脑袋,颠着碎步,跟在最后。

现在是黄昏,林子里倾斜的光线变成了玫瑰色。树枝上的鸟儿扯着嗓门叫着,发出各种悦耳动听的音调,可谁也没有兴趣理睬它们。

"爸爸!"

走在前面的尼库扭过头来,瞥了一眼儿子。

"太阳快下去了,还没到呀?"

尼库紧绷着脸,没说什么。他把目光投向妻子。他的妻子脸色苍白,眼神暗淡无光。他皱起眉头,心好像被什么东西揪了一下。他步子迈得更大了,两眼盯着前面淡褐色的山脊。

他们走得很快。走进又高又密的松林,尼库收住脚步,低头盯着一条野鹿走过的小径。这样的小径常被人当成小路。小径上果真留着一片杂乱的印迹,不知是什么人走的脚印。这些足迹还很新鲜,被它踩倒的嫩草冒着叶浆,地面上几片掀翻了的枯叶散发着湿乎乎的霉味。

"秋卡——过来!"尼库呼唤着儿子。他声音不高,嘴撇了一下,脸上的皱纹连在一起。

秋卡牵着驯鹿的缰绳,倚在一棵小树上,真累乏了。听到喊声,他扶了扶被病痛折磨着的母亲,晃着又瘦又窄的膀子,慢腾腾地走来。

"哪儿飞来这么几只鸟儿?真他妈的笨透了!"尼库低声骂了一句,顿了顿脚,在地上吐了口痰,继续朝前走去。

谁也没有再说什么。天快黑了,人太乏了。当跨过这片足迹的时候,塔列挺起精神,在驯鹿背上皱着眉头朝下瞅了瞅。

太阳悄悄地溜走了,林子里已经看不见它的影儿。他们来到小河边。这是猎人常用的露营地。露营地是靠近河边的一块平地,平地中间有一堆残灰。尼库砍来一抱细软的树枝,铺在潮湿的地面。秋卡把母亲扶下驯鹿,扯过一张犴皮铺在地上,让母亲躺在那里。秋卡忙了起来。他卸下驯鹿的鞍具,找来旧木绊,给每头驯鹿上妥蹄绊。然后,把它们撵进林子,让驯鹿自己去找苔藓和蘑菇吃。

树枝上的鸟儿叫得真欢,这是几只喜欢熬夜的鸟儿。小河变得比白天还急躁,水流得哗哗响。天黑了。

篝火着了起来。尼库盘腿坐在火边,翻弄着木叉上的烤肉。吊锅里炖的肉粥咕咕地翻着气泡。从他背后传来塔列的咳嗽声,伴随着低沉的呻吟。

"我们吃饭吧,秋卡。"尼库说。

他从身旁的皮驮袋里取出三个小碗,两个厚厚的烤饼,还有一包白糖。他抽出猎刀,把烤饼切成块,摊在一张新剥的桦树皮上。这张米黄色的桦树皮成了干净的地桌。

"我……不想吃……一点也不饿。"塔列有气无力地说。

"还是吃点好。"尼库伸过粗硬的大手,在妻子额头上摸了摸,脸色阴沉,很难看。

"我……真挺不住了,驯鹿……都骑不稳,身子骨像散了架……咳……尼库,我胸口里有什么东西坏了,也许是烂了。"

"你累了,别瞎说。明天翻过前面的山脊,下午就能赶到公路。顺当的话,晚上就住上医院了。"

"医院也……"她的声音很低。

"上次你真不该从医院跑回来。"

"在山上……我死了也不觉得难受……要不是怕你生气,这次我真不想下山……我真要死的话,早晚也得埋在山上。"

"你老说死,死!真烦人。秋卡,吃饱了吗?去把毛毯拿来。"

"你们一口都没吃!"秋卡站起身,映着火光的嫩脸变得暗淡,两片厚嘴唇撅了起来。

尼库上下打量着站在眼前的十四岁的儿子。他脸上虽然带着孩子气,可从他的眼神,全身的骨架,已经看得出将来他会成为有力气、有筋骨的猎手。尼库操起猎刀割块熏成暗红色的烤肉,填在嘴里,慢慢地嚼着。

秋卡双手抱膝躺在火堆边,小狗似的蜷卧在一块厚毛的獐子皮上,身上盖着毛毯睡着了。他眯着眼,半张着嘴,好像在梦里也在为谁担忧。

林子里真静。尼库紧闭着嘴,两眼直愣愣地盯着一个地方。塔列侧身倚着什么,半卧着,不时从她喉咙里发出一阵揪动人心的咳嗽声。

"尼库!"

"嗯。"

"你看星星,真多……天太晚了,你不想睡吗?"她望着头顶墨蓝色的夜空。

"我,不想睡。你睡吧。"

他抽了一块木桦,扔在火堆上,两眼死死地盯着它,全身一动不动。这块灰白色的木桦先是被暗红的火炭熏烤,发出几声细微的脆裂声。隔了一会儿,呼地一闪,木桦由下而上蹿起几缕淡红的火苗。火苗开始的时候很弱,闪动了几下,转眼间变大了,变成一团明亮的、欢快的火。现在,他感到了这块木桦发出的全部热量,脸和手被它烤得热乎乎的。他感到说不出的快慰,还有一股由远而近,由近而远的暖气。可这一段时间太短暂了,短得真像一眨眼的工夫,那灼人的火光,透人心底的暖气,减弱了,消失了。这块木桦的全部热量燃烧掉了。它裂成几块,变成淡黄色的火炭,无声地跌落在火堆中。他看呆了,眼圈变得湿润,抓起一块烤肉,扔进火堆。烤肉冒了一缕细微的烟丝,眼看着烧成一团黑炭。他又把一块烤饼扔在里面,虔诚地望着,瞧着这堆有自己生命的火。

"尼库!"

"哦。"

"你转过脸来,我想再说几句。"

"别说了,我不想听。你说一句话,比喝一口水都费劲。"

"尼库,你别这样。我想……告诉你,今天我从你身后,瞅着你的背、你的胳膊、你的两条腿,看你迈步,甩胳膊,我觉得心里真好受。我……想起,你第一次在桦树林里亲我,那时候我们真年轻。"

"塔列,你在说些什么?"他扭头瞅瞅自己的儿子,"你是不是在说胡话?"

"这不是胡话。昨天晚上,我是说了胡话。可现在不是。我……想起,你亲我的时候,我的心是怎么跳的,还想起,从那以后,让我高兴的事儿。咳——咳——尼库,你那么能干,喝醉酒也不像别人那样打自己的老婆。你多爱我呀!从你那次亲我,谁也没偷去我的心。它是你的。可我,我还是觉得对不起你。"她的声音变得颤抖。

"算了。你说这些干啥?我们都老了,老了,真老了!"

"一路上,我把这一生高兴的事儿,都想起来了。"

"你别说了,好不好?"

"我知道你心烦。"

"我烦透了。塔列!"

"我知道为什么!"

"为什么?"

"为我。还为那些脚印!"

"你也看见了?那几只鸟儿,真是笨透了。离小路只有几步远,蹭着边走过去,硬是没看见。好的,看见他们没准我会用柳枝抽一顿。"

"尼库,你别那样。到了他们的城里,你也会迷路的。"

尼库扭过头去,盯着火,又垂下脑袋,神态十分苦恼。

"尼库,你想去。可你怕我……"塔列打起精神瞧着丈夫。在这个世界,她是最了解他的人。

"可他们是三个人呀!是三个吗?那一阵儿,我头晕,两眼发花。"

"是三个人。这三个家伙拖着脚后跟,像受伤的野猪,可能……还没吃的,我在那儿瞧见他们的一摊屎,就像黑熊拉的。"

"你——去——吧!"

尼库很烦躁,他站起身,弯腰抱起几块木桦,哗的一声,压在火堆上,随后一屁股坐在那里,一句话也没说。火堆中响起木柴噼噼啪啪的爆裂声。

"咳咳——尼库!我说话真费劲,心都跟着跳。你——去——吧。我知道你在等我这句话。"

尼库转过身来,凝视着妻子失去血色的脸。这张脸罩了一层橘黄色的火光。她年轻的时候多漂亮呵,他和她一起过了这么多年,从来也没觉得她难看。可现在,谁都感到自己老了,到了更加难离难舍的年纪了。他轻轻地抚摸着她那变得粗糙和松弛的脸,心里的血变得热乎乎的。他第一次这么强烈地体会到生命的美好,还有残存在心底的青春的气息。他觉得这一切并没有离开他。

"不要说这个好,那个好。你比谁都好……那你一定吃点东西。"他说。

"我吃。为了你,我也要吃一点。"

尼库轻轻地推了推睡得正香的儿子。"秋卡,你醒醒。"

秋卡睡意正浓。他翻个身,蹬了蹬腿,睁开眼睛,一挺腰,坐了起来。阴森森的冷气一吹,他打个哆嗦,急忙扯过毛毯裹在身上。

"秋卡,天亮你就把驯鹿赶回来。你听——在那片林子里,没走远。明早吃完东西就走,下午能到公路。堵一辆拉木头的汽车,就说是尼库的儿子,送妈妈下山看病,他们会把你们捎去的。"

"那你去哪儿?天这么黑!"

"去看那三个人。你在路上没看见他们的脚印?那是迷路了。"

孩子瞧着母亲,神色不安。

"不怕,孩子。给爸爸装点吃的。"塔列说。她的声音变得又低又哑。

秋卡借着闪动的火光取出食品,装在父亲的背夹子里。

尼库站在火堆旁,挺直了身腰,默默地望着妻子和孩子。他觉得该走了,弯腰把背夹子搭在后背,左肩挎上猎枪,右手拎着砍刀。火光在他的脸上闪来闪去。

"把路指给他们,我就往回走。明天也许能撵上你们。"说完,他迈开双腿,朝黑沉沉的林子里走去。

秋卡裹着毛毯站在那里,呆呆地望着父亲黑黝黝的身影,这身影消失在一片昏暗中。他什么也看不见了,眼前是一堵黑色的墙,还有,从高高的墙顶透出的几块深蓝色的光斑。从那没有边沿的黑墙里传来一阵有节奏的砍树标的声音。渐渐地,声音越去越远了。

"这么黑,爸爸怎么看路?"秋卡站在那里一动不动。

"是呀,这时候野鹿的眼睛也不管用,它们要靠鼻子和耳朵。你爸爸,现在得靠他的脑袋。睡吧,孩子。"说完,她按着胸脯咳嗽起来,全身像痉挛似的抽动。

在林子里走夜路要比白天费力。尼库正在横穿黑幽幽的密林。他把一只手臂探在脸前,防止干硬的树梢划伤眼睛。他认为眼睛是最值得保护的。天要放亮时,他走出很远。他走的方向与公路正好相反。为此,他在心里把三个迷路人又臭骂了一顿。

这一天真糟,太阳还没升起来,就被厚厚的云块围住了。天空中的乌云翻腾起来,像一群松鼠在撕咬,追逐。尼库在林子里大步跑起来。他闻到了暴雨的气息。

暴雨到来之前,他总算找到了那些脚印。他松了口气,站在一棵树干下,任狂风吹拂自己发热的胸脯。他琢磨着那些拖拖拉拉的足迹,揣想那几个可怜的迷路人准是在绕一个山包转圈。他知道,眼下,他们的处境很危险。

大雨泼下来了。林子里原有的声音消失了,只有大粒的雨珠噼噼啪啪地落在树叶上、岩石上、河水里,汇成气势无比的音响。雨越下越大。

尼库走得更快了。他被淋得浑身精湿。使全身颤抖的冷气,针刺般穿透胸脯,朝他的心底逼进。这样冷飕飕的秋雨是能冻死人的。他的脑袋里闪出迷路人的影子:绝望的,饥饿的,僵硬的。眼前出现的变幻不定的情景,鞭子似的抽打着他的脊背。

他觉得这一天特别长。雨势弱下来的时候,他终于发现自己全力寻找的目标。三个迷路人蜷缩在一个陡峭的石壁下。铁青的岩石用冰冷的爪子,抓住了他们的肉体。

他站在他们面前。这是三个穿着野外作业服的陌生人。看来,是从很远的地方来的。也许为干件大事儿,甘心来冒这么大风险。他盯着一张年轻的脸,这还是个孩子。他那又厚又密的黑发,被冰冷的雨水粘在一起,有几绺垂在平滑的额头上。手臂搂着这个年轻人的是戴着眼镜的老头儿。他额头光秃,脸上的皱纹已经不少,还有一个中年人,好像在做梦,脸上挂着青紫的笑纹。

他喘了口长气,甩了一把脸上的水珠,从肩上取下猎枪,倚放在一块岩石上,把背夹子一甩,砰地扔在地上,身上那件湿淋淋的上衣,也被他哗地一扯,抛在一旁。他凑上前去伸手摸了摸那一张张冰冷的脸,把手放在年轻人的嘴唇上。他感觉到一丝微弱的气息。他用力扯了一把,觉得这个活着的血肉像具由软变僵的新尸。他对准他的胸脯,猛捶一拳。年轻人哼了哼,声音那么微弱,眼神闪了闪,又被僵硬的眼皮遮住了。由于极度饥饿、疲乏引起的各种感觉,在他身上骤然消失了,一切都变得可以忍受,可以坚持。他解下背夹子上的斧头,左右望了望。附近青紫色的冷雾中,有片被雨水冲洗得十分新鲜的松林。他摇晃着双肩,迈着沉重的脚步,朝那里走去。

他在林子里四处寻找。他找到一棵枯死的松树,这棵树没有枝杈,光秃秃的。他用斧背敲敲外表湿滑的树干,树干发出咚咚的声音。他挥起锋利的小斧,砍着树干的根部,树被砍倒了。失去根基支撑的树干猛地摔在岩石上,拦腰断成两截,从断裂处露出灰白的、干硬的木质。他又在林子里找了截碗口粗干枯的柳木,挟在腋下。他把半截树干扛在右肩,拎着小斧朝回走来。

他干得真猛。一会儿工夫,半截树干劈成一堆细长的木桦,木桦散发着松脂的清香。

他蹲在地上,抽出猎刀,削起那截柳木。柳木外表的湿皮被削掉了,露出里面干爽的木芯,木芯很快又削成了花瓣似的木屑。这一切他做得熟练、迅速。随后,他从贴身衣兜里掏出一个小巧的桦皮盒,打开木塞,抖出一盒火柴。嚓的一声,微小的火花在那堆木屑上跳了一下,冒起一缕青烟。紧接着,木屑变成火团,发出呼呼的燃烧声。他在火团上横竖交叉压了几块木桦。一堆篝火着了起来,火光是琥珀色的,很好看。在这满是水汽、被暴雨糟蹋的林子里,用这么短的时间生起一堆火,他觉得挺愉快。

他砍来树枝,散铺在火堆四周,把三个冻僵的迷路人拖到火堆边。

他忙着,奔来奔去。帐篷终于搭成了,完全是鄂温克式的。它圆锥形,尖顶,四周的围子是用爬松枝排满的。简易帐篷里的火很旺,热气逼人。

"妈的,我干得不错,真顺当!"他对自己很满意。"我还没老,就是小伙子们这样干,也要累瘫的。"他想。

他用最后一点力气,把三个迷路人的

湿乎乎的外衣脱掉,挂在火堆上面的枝杈上。从背夹子里取出带来的烤饼、烤肉,摊在火堆边。他想,这些很快就会暖和过来的迷路人,会吃掉这些东西的。

他觉得再也支撑不住了,难以忍受的饥饿,极度的疲劳,使他头晕、想吐、心慌。他还想干点什么,可失去头脑支配的肉体,软软地瘫在火堆边。他仰起头,望见树梢间露出两颗浅黄色的星星。好像有道闪电在他眼前划过。他想起病重的妻子,还有十四岁的儿子。他真想象不出他们是怎样度过这场暴雨的。

"你们怎么样?塔——列!"

他用手臂支撑沉重的身体:"我要回去。回去,这就回去!"他命令自己。

太累了,脑袋越来越沉,全身松软无力。他身子一歪,昏睡过去。

不知睡了多久,矇眬中他感到难以忍受的饥渴。腰、腿,全身各部位,针刺般疼痛。他醒了,听见有人在耳边悄声细语。他睁开眼睛,天已经大亮。他眼前晃动着三个陌生人的面孔。他突然愣住了,仔细想想,想起了昨天发生的一切。

戴眼镜的老汉坐在他身边。脸蛋有了血色的年轻人,握着他的手,一会儿攥紧,一会儿放松。

"醒了,他醒了!"年轻人嚷起来。

"哦——"他喘口长气。他嘴唇干裂,心里很不好受。

"您救了我们三个人的命!"戴眼镜的老汉嘴唇在抖,眼眶湿了。

他坐起来,瞅瞅他们,没说什么。他觉得没什么可说的。不论哪一个鄂温克人在林子里遇见这种事儿,都会像他这样干的。只不过有的干得顺当,有的干得不顺当。他转过脸去,朝火堆瞥了一眼。火已经变成一摊残灰,木桦早已烧光。放在火堆边的烤饼、烤肉,一块也没剩下。他觉得心里不舒服。他太想吃东西了,哪怕是喝口水。他的眼神在这些陌生人脸上慢慢地滑过。那种不痛快的感觉消失了,他心里又觉得很顺畅。这是从大城市来的人呀!他们见过多少世面!现在,他们用这么恭敬的眼光望着他——一个鄂温克猎人。他发现自己被人推到一个尊贵的位置,这是难得的心灵里的位置。这是第一次!多漂亮的第一次呵!他很满意,很痛快,很高兴。

"你们——好了?"他问。

"好了,好了。就是饿了两天,身上还没劲儿。"年轻人说。

"您是猎人?"戴眼镜的老汉问。

他点点头。

"鄂温克猎人?"

他又点点头,脸上露出笑容。

"你们——在这个山转圈。"他提高了声音,汉语讲得生硬,"你们——住在帐篷——帆布的——在小河边。我知道。"

"对,我们的帐篷是在小河边。"

"你们——这样走——那个桦树林——穿过去——看见小河——顺小河走。"

"往哪里走?"

"顺流水走——半天——半天就到了。"

"谢谢您!"

"真谢谢您!"

他站起身,肩膀晃了晃。他觉得腰、腿一夜之间变得十分僵硬。

"您饿了吧?"戴眼镜的老汉问。"真对不起!您带的饼和熟肉让我们吃光了。"

"光了好——我去打猎。"他扛起猎枪,晃着双肩,朝林子里走去。

这次出猎很顺利。走出不远,在桦树林里他发现狍子的蹄印。这印迹新鲜,是刚走过去的。他放慢脚步,穿过树丛,瞧见那只狍子,它正在低头吃草。枪响了,狍子身子一抖,朝前蹿了两步,栽倒在那里。他走过去,抽出猎刀,剖开它的胸膛，掏空内脏。他干得非常利落。三下两下就弄妥了。他一屁股坐在地上，在草丛里擦了擦手，用猎刀把新鲜的、热乎乎的狍肝切成块，用手抓着，大口大口地吃起来。他饿极了，吃得很香。他觉得肚子不空了，身上添了劲儿。出猎的鄂温克人打到狍子，谁不先尝新鲜的生狍肝。

他把猎物扛了回来。三个饿得发慌的迷路人，瞪大了眼睛焦急地等待着他。

他没有心思再去理睬他们的问话，脸色变得阴沉。他默默不语，弯腰收起斧头。割了块狍子肉，绑在背夹子里。弄妥行装，他站起身。

"我——回去了。"他对他们说。他的声音很慢，语气挺重。"你们——那个桦树林旁过去——找到小河——能到家。"说罢，他把背夹子搭在后背，操起猎枪，手中拎着砍刀。他最后望了他们一眼。他想：有一天，在他们的城里见面，能认出他来，就行了。不能再耽误了。他转过身去。

"大叔——"年轻人在他背后喊他。

"大叔——"戴眼镜的老汉也在这样称呼他。

"您——别走！我们还会迷路的。"这是那个中年人的声音。

他的心猛地被什么东西紧紧地拉住了。他转过身来，呆呆地站在那里。他盯着年轻人的脸。这两只眼睛湿漉漉的，眼神是真切、诚实的。他瞧瞧戴眼镜的老汉。老汉脸上每个微小的表情，都在表达一个希望。这个希望他理解了。最使他愉快的是老汉刚才那声称呼．"大叔——"他心里想笑，因为他知道，眼前这位老汉比他的年岁要大。他又瞅了瞅那个中年人。他的脸像孩子似的，一下子变得这么哀愁。

他们站在那里，呆呆地对视着，彼此等待着。

尼库终于放弃走的念头。他摘下背夹子、猎枪。动作缓慢、凝重。

他笑了。他笑了。他也笑了。

尼库回到火堆旁，坐在那里，默默不语。不知为什么，他想起过去一些让他不愉快的事儿。他想起那次在小镇上喝醉了酒，舒舒服服地躺在路边的树阴下，一群孩子无缘无故朝他撇来一块块石头。他还想起，有一次，他扛着猎枪，穿着渍满血污的猎装，走在热闹的大街上，不少人用那样一种眼光盯着他，有的直躲。那种眼光他记得清清楚楚，好像他们在看一匹马，一头牛。他还想起，他走进招待所时，那个女服务员的神态。他记下了她扭歪了的小鼻子，捂得很严的、难看的大嘴。他还想起什么……他想哭，找个没人的地方，放声哭一场；他又想笑，扯开自己的喉咙，大笑一通。他没有哭，也没有笑，仰起头，望着遥远的蓝天。它是那么蓝，那么干净。他觉得这块蓝天现在离他并不远，一点也不远。

他心情变得明朗，变得痛快，变得舒服了。他忘掉了一切忧愁。

"我们——做饭——我会烤肉——炖肉——不会炒肉。"他笑了。几天没洗脸,他脸上留着几道污痕。笑起来反而很动人,很有神采。

"我们连个锅都没有。"

"我会——我都会。"他很自信。

"太好了,我来帮你。"年轻人说。

他忙了起来。他从白桦林剥来大张的桦树皮,折成盆形,用细软的松树根再把它缝得严严实实。他从河边捧来一堆卵石,把这些卵石扔在火堆中。他做桦皮桶很快,只把一块桦树皮折了折,用松树根缝了几下就成了。不过这个桶没有提手,装了水只能搂在怀里。他在盆形的桦皮锅里放上水,添了肉,又撒点盐,再用木棍把扔在火堆里的卵石,一块块夹出来,放在桦皮锅里。顿时,冰冷的水翻起白色的气泡,水开得翻花,滚烫的卵石炸裂了,桦皮锅里的肉变了颜色。弄妥炖肉,又忙起烤肉。他把切成片的生肉串在木叉上,抹了盐面,竖插在火堆旁,让年轻人照看。他没停手,翻出狍子的胃囊,去水坑洗净,在匣面装水,添肉,把口扎紧,放在火堆里。炭火不紧不慢地熏烤着胃囊,等到胃囊被烧焦,里面的肉也就炖熟了。尼库兴致很高,他把祖辈传授的古老的生活经验表演出来了,就凭一把猎刀,一双手。

肉熟了,四周飘着香味。这些肚子变得又空又瘪的人,围着火堆,手拿把抓,大口大口地吃起来。尼库瞧着他们。

时间过得真快。尼库抿着嘴角,不说,也不笑,可心里痛快极了,不知是什么东西使他忘记忧愁,把他的心同陌生人连在一起,竟变得难离难舍。他累了,躺在地上,头枕着一块石头。该动身了,他想。

有什么响声?就在前面的林子里,声音微弱。他挺身坐起来,侧耳细听。那声音又传过来了,还是那么微弱,可又这么熟悉。他的心狠狠地被揪了一下。他腾地跳起来,拎起背夹子、猎枪、砍刀,直朝林子里跑去。幽幽山林变得灰蒙蒙的。

他一头冲进桦树林,呆立在那里。被树枝划伤脸蛋,撕破外衣的秋卡,可怜巴巴地站在他的面前。

"你来干什么?"他吼起来。

"爸爸……"

"你妈妈怎么样?"

"爸爸,桥断了,大水冲的。公路上一个汽车也没有。"

"你还小吗?不会想办法?笨东西!找木头,扎木排,坐木排过河!"

"爸爸,我连一把斧头也没有。"

"别说了,别说了。你妈妈怎么样?"

"……"

秋卡用手捂住眼睛,泪珠顺他手指缝里流出来。

"你说,你妈妈怎么样?快说!"

他随手折根木棍,举在半空,猛抽在孩子的腰上。

秋卡被打个趔趄,撞在身后的小树上。他站在那里,既不躲,也不哀求,咬牙忍着疼痛,用泪汪汪的眼睛望着父亲。

"你哑巴了吗?"

"妈说:她哪儿也不去了,她说,她就死在那儿……"

"你来的时候,她还好吗?"

"妈说,等你回去,见你一面……才……才……"

"别说死,别说死。鬼东西!我问你:她还好吗?"

"好……"

"能说话吗?"

"能……可我一点也听不清了。"

"走!我们快点走!"

"爸爸,我走不动了。"

"鬼东西,我背你。走吧,我们快点,快一点。你真笨,笨透了。"

尼库回头望了望。他知道那些迷路人很快就会找到自己的帐篷。

灰蒙蒙的密林像墨绿色的海,淹没了父子的身影。

"大叔——"

从他们背后传来喊声。这是那三个人的呼唤。大概是在林子里的缘故,他们的声音变了,变得清脆,像孩子充满渴望的、纯真的童音。

森林沉默了,倾听着他们的呼唤。

原载《民族文学》1983 年第 10 期

乌热尔图

鄂温克族。原名涂绍民。1952 年出生于内蒙古兴安盟乌兰浩特,祖籍黑龙江省甘南县。1981 年在中国作家协会文学讲习所学习。1985 年任中国作家协会书记处书记。

1976 年发表处女作《大岭小卫士》,首次使用笔名"乌热尔图"(鄂温克语"森林的儿子"之意)。作品有《乌热尔图短篇小说选》,中篇小说《丛林幽幽》等。其中短篇小说《一个猎人的恳求》《七岔犄角的公鹿》《琥珀色的篝火》分别获得 1981 年、1982 年和 1983 年全国优秀短篇小说奖。

干 草

宋学武

人若从小养成一种习惯,真是难以改变。我离开农村十多年了,直到现在,不仅乡音未改,而且非常顽固地保留着辽北农村的某些习惯。比如,我喜欢吃炖菜,茄子、土豆、酸菜、鱼、肉……只要能炖的,我都喜欢炖着吃。单说吃鱼吧,什么炸鱼、熏鱼、糖醋鱼、滑溜鱼,我都觉得淡而无味。倘若用清水炖,微火煨,佐以葱、姜、蒜、花椒、大料,熟时再投放一点香菜末,那滋味,绝了!而且,千滚豆腐万滚鱼,时间越长,肉儿越嫩,味儿越醇。再比如,我喜欢闻草的香味。我和妻谈恋爱逛公园的时候,她总是在花坛间流连忘返,我却愿意躺在草坪上尽情地享用草的芳香。我总是固执地以为,花香不如草香。花香可以使人联想到雪花膏、花露水,给人一种油腻的感觉,而草香,却常常使我想到干活干累了,敞开衣襟,抖掉一身热汗,或者饿了、渴了,啃一穗青嫩的煮包谷,或者掬一捧清粼粼、凉丝丝的山泉;花香可以使人陶醉、疏懒,而草香可以使人神清气爽、奋发向上。总之,每当我躺在酥软、厚密、繁茂的草地里,总有一种说不出的快感。这感觉,不亚于平原人见到高山,内陆人见到大海。这时,我总想情不自禁地喊两声,唱几句,然而又总是苦于无法表达,只好拔几根草茎,衔在嘴里,吸吮着草的鲜嫩的汁液,像嚼甘蔗一样。倘若是干草,那就更美了。灼热的太阳把草香全都榨出来,浓缩成浓重的苦艾味,然后,微风揉着湿润,再把它稀释、冲淡,沁人心脾,真有舒筋活血甚至净化灵魂之功效。特别是大雪封地的冬天,一切绿色的生命都停止了。如果扒开干草垛,一股熏人欲醉的香气扑面而来,你会发现草叶上仍然泛着淡淡的青绿,仿佛这是从绿的矿石里提炼出来的。这时,你不能不感到造化的伟大、生命的不朽……

不过,妻对我的这种习惯总是不大以为然。她甚至近乎讥地挖苦我说,这不过是一种农民习气。也难怪:在城里长大的她,怎么能理解我的这种对于草的特殊情感呢。

我和妻旅行结婚,刚刚游历过杭州、苏州、黄山、太湖,转了大半个中国,下了火车上汽车,马上就要回到我的辽北家乡了。我似乎已经感受到一股淡淡的乡土气息,仿佛闻到了家乡的炖菜和草香,恨不得一下子飞到那块土地上。是急于向乡亲、伙伴们夸耀我的娇妻呢,还是急于向妻夸耀我的乡亲和伙伴,连我自己也说不清楚。

可是,我突然发现,妻的脸色越来越难看了。在我们旅行之前,妈就托人写信再三叮嘱我:要和你媳妇事先说好,咱家穷,别嫌弃。即便嫌弃,也要忍耐几天,免得落人笑话。我知道,妈的担心不是多余的,据说,村里有个在外面做事的人,从城里领回个媳妇,只住了一个晚上便跑了,从此成了全村人的笑谈。

我的心于是也开始紧缩起来,妻倒不至于住一个晚上就往回跑,这我相信。但家乡毕竟没什么好玩的。它既没有北国荒原那种粗犷和广阔,也没有南方山水那种清秀和俊美。它甚至没山没水,只不过一岭黄沙,几撮泥房,几缕炊烟罢了。稀稀拉拉的几棵老榆树,歪歪斜斜地立在乡道边,不知何年何月留下来的,早已老朽不堪。倒是有一片柏树林,可惜长在一片坟地里。我们那地方的人都迷信,大人孩子都怕鬼、怕死人,除了清明节,绝对没有人到那里去。

唯独可以向妻炫耀的,就是门前那片大草甸子。那是我记忆中的一片草原。可是,草甸子几经沧桑,多次变迁,现在究竟什么样了,我已全然不知。临行前,我曾经问过草甸子的事,家里来信说,你回来就知道了。

是的,我就要回来了。我就要知道了。可是妻能感兴趣吗?我不妨先把我记忆中的草甸子讲给她听。

草甸子离我家只有一里之遥,不很大,宽不过五里,长也不过十五里。后来,我有幸到过呼伦贝尔大草原,草甸子和呼伦贝尔大草原比较起来,简直太小了,小得实在可怜。可是,在我童年的记忆中,它却是那么辽远,那么空阔。我常常躺在深深的草丛中,吸吮着草的芳香,仰望着浮动变幻的白云,想象着远处天地相接的地方。草甸上星星点点的几只羊,在绿色的波涛里时隐时现,像白色的云朵,可惜那时候我还不知道"风吹草低见牛羊"的诗句;偶尔有一只兀鹰,静止不动地挂在天空,展开双翼,呆呆地注视着草地,仿佛随时准备猎取草丛中的青蛙或者田鼠;间或掠过云端的一群雁的叫声,不知道在多么遥远的天际激起回响,给这恬淡、静谧的草甸子带来无限生机;有时,绿色的气浪把打瓜鸟子从密草深处托起,飘逸多姿地浮游在空中,一会儿在高处消失踪影,只剩一个小黑点在闪动,一会儿又翻转双翼,在阳光下一明一灭地辉耀着。看着这迷人的景象,我长久地冥思、幻想,几乎忘掉了少年的一切烦恼和苦闷。

中午或者晚上,常常看到一个光着膀子或者光着膀子披着蓑衣的老人在草甸子上巡视,那是看守草甸子的磕巴舅舅——直到现在,我也搞不清磕巴舅舅何以成为我的舅舅,也许很早很早以前,他和姥姥家有点沾亲带故吧。乡亲屯亲,两方世人也是亲。如果考察起来,农村自然村落之间,总能找到最初的血缘关系。磕巴舅舅斜挎一支火药枪,肩上扛着一把大扇刀,从没腰深的草中蹚过去,惹动一群打瓜鸟子在他头上"呱呱"地叫。但从未听见他放过一枪,也从来没有见他伤害过草甸子上任何一个生灵。

经常和我一块去草甸子上玩的是小草和邻居家的大青哥。大青哥姓郑,大名郑国维。听这个名字很是有点气魄。我常想,如果大青哥当个副总理什么的,这名字大概也不算俗气吧。可惜他现在还是个农民。乡下人命苦,人穷,没文化,但在起名字上却是极有讲究的,什么国维、国栋、文举、鹏飞、殿军、英臣,等等,用现代城里人的眼光,这些名字旧是旧了点,但在乡下,却寄托了庄稼人的无限希望和憧憬,对民族、对国家、对自己、对后代。小草只小我一岁,是磕巴舅舅的独生女儿,三岁上死了娘,父女俩相依为命,生活虽然不算清苦,但也不比别人富裕。她那窄溜溜的脸上,天生一对大而亮的眼睛,那形象,就像她的名字:瘦小而不羸弱,秀美而不轻浮。

我们三个极要好,常常结伙到草甸子上捉蚂蚱。

捉蚂蚱是很惬意的。中午和晚上最多。我们在绿绿的草地上奔跑,惊起一群群蚂蚱翻飞。但这东西很机灵,很敏捷,我们怎么也捉不到。有时为捉一只"扁担钩"①或者螳螂,累得上气不接下气,我们追一程,它就飞一阵,我们停下来,它也停下来,好像故意引逗着我们。当我们真的认真起来穷追不舍的时候,那东西却展开银亮的翅膀远走高飞了。后来,磕巴舅舅告诉我们,捉蚂蚱得早上去。但早上露水太大,浓重的露水像银锈一样铺在草甸子上,我们走过的地方,都会留下几条暗黑的、溪流一样的痕迹。鞋子、裤脚以及全身被露水打湿了,湿透了,凉凉地贴在身上。我们却不在乎,因为那些蚂蚱比我们更狼狈。它们被露

---

① 扁担钩:是一种大蚂蚱。长腿、尖头,呈扁担钩状。

水打得呆头呆脑,伏在草叶上飞不起来。我们很快捉到许多,用草梗穿上,高高兴兴拿回家喂鸡去。我和大青哥不管谁捉到"扁担钩",都要送给小草,小草小心翼翼地捏着它两条修长的大腿儿,一边抖动着一边念叨着:

"扁担扁担钩儿,你挑水,我碴粥。"

按家乡的习俗,挑水是丈夫的事,做饭是媳妇的事,就像中原地区的男耕女织一样。只不过我们那地方穷,男人无地可耕,女人也无布可织,挑水和碴粥最能代表夫妻之间的分工了。

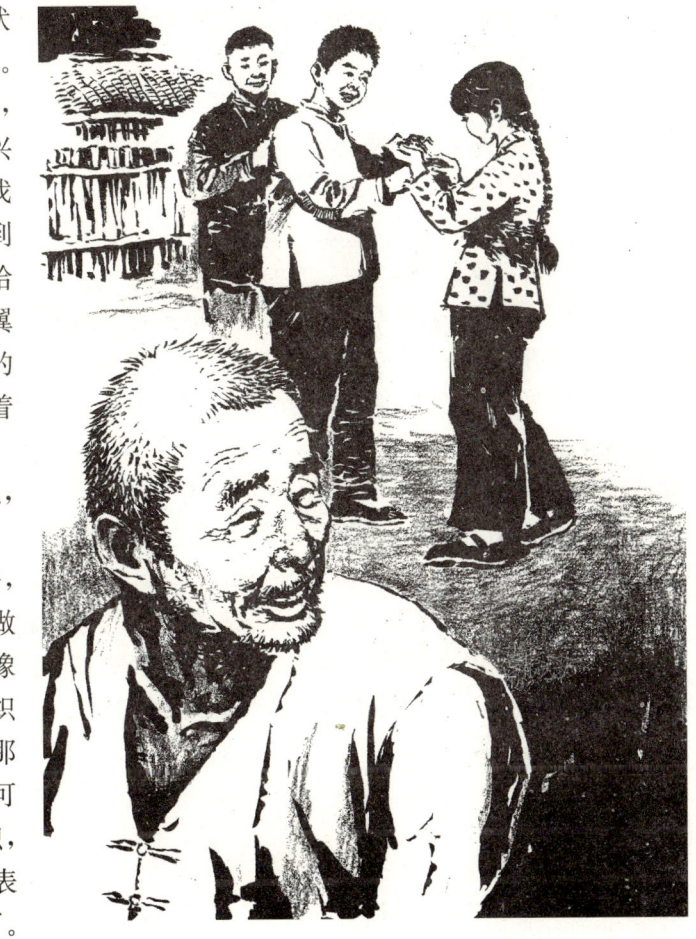

我和大青哥为此笑她、羞她,她却说:"你们有能耐,长大了别挑水呀!别娶媳妇呀!"磕巴舅舅听见了,总是笑着喷怪道:"孩子家家的,真、真、真不知道害臊。"

磕巴舅舅说话不利索,断断续续的尽逗点儿,不到特别高兴或者特别愤怒的时候,他是轻易不肯开口讲话的。遇到生人或者着急的时候就越发磕巴得厉害,简直像唱歌。大人们常常拿他开心、取笑,孩子们也常常学他、乐他,他从来不生气,反倒觉得这很好,好像能给别人带来一点快乐。只是对那些没大没小的孩子,他才会笑骂道:"妈、妈巴子的,不学好,学、学磕巴!"天生一副好脾气。据说有一次,一个陌生人向他问路:"老、老乡,到县城怎、怎么走?"磕巴舅舅惊异地看着这个陌生人,就是不肯回答。陌生人有点火了,骂骂咧咧地走了。他才憋红了脸,十分认真地对过路旁观的乡亲说:"不是我、我、不告诉他,我是怕他说、说、说我学他。"磕巴舅舅脾气好,心也好。

别看磕巴舅舅嘴笨,手却巧。他会用草梗编织各种各样的草制品。什么花篮、器皿、草帽、蓑衣、蝈蝈笼,都会。而且选择各种颜色的草梗编成各种图案,什么花鸟、人物、山水、禽兽,都有。总之,男孩子玩的,女孩子戴的,大人们用的,屋里边摆设的,他都编。几乎家家都有他的"作品"。现在想来,这些草制品真不知道要比城里卖的好些工艺美术品强多少。

中午,天空没有一丝儿云,炽烈的太阳火辣辣的,晒得草甸像疲倦了的大海。鸟儿们大概都潜向草底纳凉、睡觉去了,只有不甘寂寞的蝈蝈此起彼伏地鸣唱。偶尔有一阵微风拂过,平静的草原即刻骚动起来,涌起一圈圈绿色的涟漪。不知道风从什么地方扯过一个云块,从太阳面前掠过,于是可以看到一片阴影在草地上奔驰。阴影过后,草甸子更绿了,太阳也更明亮了,就像刚刚用抹布擦过一样。

磕巴舅舅把蓑衣铺在一棵歪脖子老榆树的树阴下,远远地照看着,或者把那把大扇刀骑在胯下,"唰——唰——"地磨着,不时用指甲试试刀刃。刀头是新换的,好像还不那么锋利。长长的刀柄不知用了多少年了,手握的地方被汗水浸渍,让老茧摩擦,已经变细、发亮,呈着暗红色。他对草的长势一定很满意。从他那隐藏笑意的皱褶和映着绿波的瞳仁里,看得出他爱这草甸子,爱这贫瘠的、熟悉的土地。只等一过立秋,便可以开镰割草了。当磕巴舅舅那浑浊的目光里透出一闪一闪的光亮时,我们就猜出他准在一心念叨着这码事。

这时,我和大青哥总是央求他编个蝈蝈笼子什么的,他马上会高兴地答应。我们到草地里精心采来各种颜色的草梗,放在他的身边。只见他那粗糙、僵硬、带茧的老手,动作非常敏捷、灵活,我们围在旁边等着、看着、学着。大青哥学得最快、最像,我和小草都不行。所以磕巴舅舅最喜欢大青哥。他常常逗我们,说等小草长大了,他要招大青哥当养老女婿,问大青哥愿意不,大青哥脸一红,不言语。但看得出,心里却很得意。我呢,尽量装出无所谓的样子,但心里却怪别扭的。可是我发现,小草对我好,她常常把磕巴舅舅编得最好的蝈蝈笼偷偷拿给我,并且每次都神秘地告诉我:"千万别告诉大青哥,啊!"我问:"为什么?"她脸一红,眼一嗔,嘴一撇,说:"大青哥自己会编呗!"于是我感到一种莫名其妙的满足。那时,我们都不过十二三岁。

一过立秋,挂锄了,草也成熟了。大家便开镰割草。那时候,哪有现在这套定额、包干、划片之类的规矩,磕巴舅舅一说开镰,人们都撂下田里的活,自家割自家的,能者多劳、劳者多得,完全凭自己的本事和力气。为了收获得更多,往往把女人、孩子都发动起来,草甸子上顿时沸腾起来。

男人们打草用大扇刀,妇女和孩子们用镰刀。扇刀把长、镰宽、刃利,刀和刀把成仰角,一抡就是一个扇面形,一会儿就是一大片。但扇刀不是什么人都能用的,不仅凭力气,还得有技术。用不惯的人,往往高一刀、低一刀,不是将刀砍进泥土里,就是将刀飞起来,农民们称做"死刀"或者"飘刀",死刀毁刀,飘刀毁草。

刀从草的中间拦腰掠过,留下高高低低的草茬子,既糟蹋草,不出活,也不利落、不雅观。用扇子打草,有正打,有反合,反合更难。合不好,不仅经常出现"死刀"和"飘刀",而且打不透、割不断,太阳一晒,草甸子上露出一缕一缕的青丝,会引起在行人的耻笑。

磕巴舅舅的刀法称得上全村第一。如果农民也实行八级工资制,磕巴舅舅该是当之无愧的八级工匠了。打坯垛墙,盘炉搭炕,样样在行。用扇刀打草,只见他光着膀子,赤着脚,脖子上搭个被汗水浸透已经变黑了的破毛巾,叉开双脚,正打反合,左右开弓,刀片贴着草根、地皮,"唰——唰——唰",随着这悦耳的、有节奏的"唰唰"声,双脚一点一点向前挪动、挪动,赤脚踏着茬子,硬是踩出两条平行线,一趟一趟新打的草甸子,在他脚上延伸,延伸……像刚刚犁过的田垄。他那赤条条的脊背,由于长期被太阳烤炙,闪出紫蓝色的光,仿佛镀上了一层珐琅。我不知道为什么,最愿意看磕巴舅舅打草,最愿意听那悦耳的"唰唰"声。它仿佛给了我一种力量、快感和享受……

我、大青哥、小草这么大的一群孩子,这会儿便分别跑到自家的园子里,掰来几穗青嫩的包谷,削几根树签把包谷插在草地上,下边拢起一堆干草,点燃,火借风势,干草烧得噼噼剥剥地响,散发出浓重的苦艾味,就连烧熟了的包谷也染了这种草香。我们吃,大人们也吃,谁赶上了谁就吃,好像这些东西拿到草甸子上就不属于自家的了。那滋味,绝不比城里人把面包、香肠、啤酒带到郊外进行野餐差多少。庄稼人苦是苦点儿,但庄稼人有庄稼人的乐趣。

"太美了,你是不是在作田园诗?!"妻显然高兴了,却有意用半信半疑的口气打断我。她大概被我的情绪所感染,或者是被草甸子迷人的景色所激动,脸上多云转晴,闪出动人的光。

"离家还远吗?草甸子还在吗?大青哥、磕巴舅舅现在在哪儿?对了,还有那个小草。"

我真不知怎么回答她好。因为草甸子实在太平凡了,磕巴舅舅、大青哥、小草也实在太平凡了,但,心灵在呼唤我,借着妻子的发问,于是,我将这平凡的草甸子以及草甸子上平凡的人物继续讲下去……

草打完了,草甸子裸露出赤条条的暗灰色的胸膛,光秃秃的,很萧条,很冷落,很疲乏,很难看,也很可怜。但仔细一看,这时的草甸子却显得越发平静、满足和坦然。好像它终于完成了一年一次给予人们微薄但却是无私的馈赠,现在需要休息一下了,准备着明年新的萌发、新的生长和新的馈赠。多少年来,草甸子就是这样默默地、温存地给人们进献着微薄的财富和欢乐。

然而,除了磕巴舅舅,却很少有人为草甸子操心。人们只记住了索取——放牧、打草、卖钱。我们那地方,烧的、吃的、用的,包括孩子们上学买几支铅笔或订几个本子的钱,都是草甸子提供的。可是一打完草,人们就把它遗忘了。特别是暴风雨袭来的时候,草甸子敞露着胸膛,孤零零地躺在那儿,默默地忍受着来自大自然的摧残,不抗争,也不呻吟。记得有一年夏天,不知道老天爷从哪儿调遣来那么多的云,聚拢在草甸子上空,翻滚着,汇合着,等到一切布置就绪,长空一闪,裂开一条缝,随着一声霹雳,大雨夹着冰雹,发泄似地倾注下来,随心所欲地抽打着正在拔节、抽穗的嫩草。大雨下了三天三夜,草叶子被撕裂了,剥落下来,砸在泥土里。只留下光秃秃的草茎没精打采地伸着躯干在风中瑟瑟颤抖。可是,没过几天,磕巴舅舅带我到草甸子上去,草甸子又是一片神奇的葱绿,磕巴舅舅弯腰割了一把草,轻轻攥在手里,我发现那草茎周围竟又生出许多新叶来。

……草晒干了,人们把它捆好,收回家。收草这活更忙,更累,全凭一副肩膀,而且常常是在晚上。收了工,大人们匆匆吃过晚饭,摸起绳子、扁担就走,女人、孩子们也都跟出来,或挑或背。黄昏中,月光下,只见一座座小山在缓缓地移动。无数次的挑,无数次的背,无数个小山终于变成一座座山峰一样的草垛,于是,家家的院子里都弥漫着干草的气息。那时我常想,站在草垛上,要是能够到天,摸着月,摘到星星就好了。磕巴舅舅是不会这么想的,因为他离不开土地,离不开这片和他相依为命的草甸子。

草收回来,我和大青哥、小草的兴趣,也从草甸子上转移到院子里。我们在干草堆上打滚、戏闹、捉迷藏,弄得干草唰啦啦直响,常常惹来大人们的吆喝声。可是磕巴舅舅从来不说我们。有时他也抱起一抱草扬在我们身上,然后等着看我们从草堆里钻出来,脖子上,裤裆里沾满了草屑,又笑又嚷……他也跟着咻咻地笑。

冬天,草卖掉了。但草的芳香还在。特别是和小草在一起玩的时候,我发现她身上总有那么一股淡淡的香味。起初,我不知道这草的香味是从什么地方来的,还以为是女孩子家固有的气味。后来我问她,她咯咯一笑,从怀里掏出一个用五色布边儿精心缝制的花荷包,说:"我把草香都缝到这里了。"我越发莫名其妙,她越发笑个不停。最后,她告诉我,草甸子上有一种鸭舌草,叶子像鸭的舌头,草茎呈紫红色,青的时候,和普通草一样,没有什么特殊的气味,可是晒干后特别香。姑娘们把鸭舌草的草籽或草梗搓碎,缝在荷包里,带在身上,一年四季都可以闻到草香。

"我怎么不知道?"我问。别看我是在草甸子上长大的,真的不知道草甸子上还有这种宝贝,简直像草的精灵。

"你们野小子家家的,知道个啥!"小草说着,把荷包又揣回怀里,黑亮黑亮的眸子里流露出女孩子特有的骄矜。

"送给我吧。"我说。

小草的脸红了:"去去去,要人家女孩子的荷包,也不嫌臊得慌。"可虽然这么说,还是把荷包拿出来,只是不立即给我,好像有点舍不得。

"要不,用两支铅笔换还不成?"

小草的脸又白了,拿在手里的荷包复又揣起来,把一根独辫一甩,走了。一连几天都不跟我玩。

过了许多年,我才明白,男孩子只有长大了,定亲了,才有资格接受这圣洁的礼物。那时,我还没有那个权利。何况,我还伤了小草的心。

"还是讲草甸子吧。"妻生动的脸上悄悄爬上了一抹不快的阴影。看来,她对荷包的事并不十分感兴趣。

汽车拐了个弯,开始爬坡。这儿原是一片沙丘,我和磕巴舅舅卖草时常常打这里经过。现在虽然是晚春,沙丘上疏疏落落地缀满了野花,但还是不免有些荒凉。可是公路两旁却新栽了两行白杨树,都碗口那么粗了。汽车像得了哮喘,"啵啵啵"地喘着粗气,同车的旅客在这单调的"啵啵"声中已经昏昏欲睡了,只有我这从远方归来的游子异常兴奋。

"后来呢?你也打过草吗?你也会使用大扇刀吗?"妻问。她大概觉得,我若没打过草,若不会使用大扇刀,无论如何也是个不小的遗憾。

离离原上草,一岁一枯荣。到了我和大青哥也会用扇刀打草的时候,草甸子荒芜了。

不知道是人们终于不满足草甸子那些微薄的馈赠呢,还是草甸子突然不满意人们对它的苛刻要求。那年秋天打完草,一支疲惫的队伍开到草甸子上,翻地造田,打埂挖渠,尽管草甸子的根须盘根错节,密密团团,紧紧地和土地扭结在一起,但还是被翻到外面。雨水一冲,白花花的,太阳一晒,灰秃秃的,整个草甸子呈现着狰狞、丑陋的面孔。善良的人们原以为,这样一来,一甸子碧草会奇迹般地变成一畦畦稻田,结果由于缺乏水源,第二年不仅颗粒无收,连草也不长了,代之而来的是一丛丛马莲,一片片盐碱。这是人们对大自然的戏谑和摧残,也是大自然对人类的惩罚和报复。可是,又有什么办法呢?那年月,庄稼人,草甸子,都不能自己主宰自己的命运。

草甸子荒凉了,人们不屑一顾了,孩子们也不到草甸子上去玩了。只有磕巴舅舅仍光着膀子,背上那支油光闪亮的火药枪,时不时在草甸子转悠,这儿查查、那儿看看,好像寻找什么,但终于什么也没找到,好像期待着什么,但又实在没什么可期待的。就连打瓜鸟子也不知道飞到什么地方去了,只剩下一片秃了顶的草甸子和一个孤独的老人。他还是喜欢坐在那棵歪脖子老榆树下,自然还要磨他那把大扇刀。其实,他也知道大扇刀没什么用场了,只是不让它锈蚀罢了。他那瞳仁里的绿波干枯了,眼角处的笑意消失了,隐约着淡淡的惆怅。或者停下来,呆呆地望着草甸子黯然神伤,不住地叹息:"妈、妈巴子的,尽他妈瞎、瞎、瞎胡闹。"他仿佛忘记了自己说话的艰难,常常自言自语地骂,什么"缺德""造孽",等等,也不知道他在骂谁。

紧接着,就是连续几个荒年。先是"瓜菜代",然后是"增量法"。那几年,我们那地方平均每人每天三两毛粉,如果做窝头,一天也吃不到一个,于是人们发明了一种"增量法":用水把面粉搅成糊状,煮熟后倒在盘子里冷却,像做皮冻一样。但是,不管"代"也好,"增"也好,大人孩子自然填不饱肚皮。于是人们不得不求救于秫秸、包谷皮。可是这东西又实在太硬了,碾不碎也煮不烂,人的胃肠毕竟还赶不上牛马。有一次,磕巴舅舅叫上我和大青哥,到草甸子上扫硷土。

"这东西也能吃?"我懵懵懂懂地问。因为那时候,人们不管干什么都是为了活命。

"……"磕巴舅舅阴沉着脸,不回答。

那正是大地返浆的季节。硷卤从泥土里返润上来,被春风一抽,先是白花花的一片,然后越积越厚,在地皮上结成暗红色的硷痂,最后终于形成晶状的硷花。红的、白的、白里透红的,一片连着一片,远远看去,草甸子像铺了一张偌大的虎皮。磕巴舅舅把硷花扫在一起,我和大青哥把它装进面袋,扛回家。但我们始终不明白这些硷土究竟有什么用处,或许真的能吃吧?只见磕巴舅舅把硷土倒进锅里,用清水搅拌、溶解、沉淀后,又把暗红色的硷水舀出来,放到阴凉通风处冷却、凝结。第二天便在锅底上生出一层寸把长的冰凌一样的硷芽。把硷芽溶解、煎熬,再冷却,再凝结,反复多次,硷芽一次一次增多,加厚,终于熬出一个硷坨坨。这时我才明白,有了这些土硷,秫秸、包谷皮甚至更坚硬的榆树皮也能煮烂、捣碎、榨出淀粉来。这对于在饥饿中挣扎的人们,简直是一项重大发明,每当我嚼有苦涩的、用淀粉做成的食品的时候,都仿佛闻到了那股淡淡的草香。啊,草甸子又用自己最后的奶汁默默地哺育了这里善良的和并不善良的所有的村民。

可是,慢慢的,磕巴舅舅却不行了。他那多皱的眼睑拉平了,手、脚以至全身都开始肿大,皮肤绷得紧紧的,浮着明溜溜的水光。一看就知道这是当时流行的水肿病。那年月,村上得这种病的人很多,人们和他自己都没当回事。他仍然迈着沉重的步伐,一趟一趟地往返于草甸子上,帮村里那些太老的、太小的和病得爬不起身的人们去扫那救命的硷土。

有一天晚上,天下着瓢泼大雨。小草急匆匆跑来敲我家的门,问我看见他爹没有。小草说,磕巴舅舅已经整整一天没回家吃饭了。

我突然想起来,上午我去草甸子扫碱土时,看见磕巴舅舅在那儿扫,他也许是太累了,蹲在地上,从怀里抖抖索索地掏出一块淀粉面做的窝窝头来,正要放进嘴里,看见了我。他让我吃,我不好意思接,他执意塞给我,然后急急忙忙离开了……想到这儿,我慌了,急忙到隔壁叫醒了大青哥,大青哥又招呼出几个大人,我们分头到草甸子去找。

雨越下越大。雨墙斜射着,施着淫威,猛烈地抽打着草甸子。深深的黑夜笼罩在草甸子上空,压得人喘不过气来。树上、草中,发出枝叶的断裂声。我们在草甸子上四处呼喊,可是没人应声。我们到扫碱土的地方,到歪脖子老榆树下,凡是磕巴舅舅可能到的地方,我们都找遍了。小草不住地抽泣着,我和大青哥不知该怎么劝她才好。我们知道,此刻,任何劝慰都是多余的。

直到第二天中午,一个扫碱土的人发现一把笤帚丢在草丛中,接着又发现一袋满满的碱土。大家赶紧叫来小草,认出那笤帚正是磕巴舅舅用的。我们领着小草寻迹找去,在一处很远很远的地方,发现磕巴舅舅静静地躺在草甸子上。这儿是一片洼地,洼地向阳的一面,草长得高一些、密一些,在整个荒凉的草甸子上那么显眼,像荒漠里的一块绿洲,雨后的太阳一晒,蒸熏出淡薄的香味,可是谁也想不出磕巴舅舅为什么会躺在这里。他的浮肿的脸已经干瘪了,脸上盖着一把草,像是用手捋下来的,已经被太阳晒干了。磕巴舅舅头顶的方向不远处,有一片小小的麦田,从他躺的位置和方向上,人们判断出,他是奔麦田去的……

磕巴舅舅就这样死了,默默无闻地死了。每当我想起他的死,心里就一阵阵发痛。我常常想,如果我不吃掉那块淀粉做的窝窝头,如果他再往前爬上几步,哪怕是搓几把麦粒,也不会……

那几年,不管谁家死了人,也做不起一口棺材,都是用芦席或者麻袋片一卷,埋了。但对磕巴舅舅,人们似乎觉得不过意。有的说,这老头看了一辈子草甸子,应当用草卷了才是。有的从他临死前往脸上盖把干草做出了种种神秘的、近乎荒诞的判断;有的说他分明是死也舍不得离开草甸子,有的说那草根本不是他自己盖的,而是草神显圣(据说磕巴舅舅生前供奉过草神,不过从来没人亲眼见过)。不管有多少猜测,为磕巴舅舅打个草帘子的愿望却是一致的。可那时,连一把干净的干草都找不到了。人们正在搓着手拿不出办法的时候,大青哥不知从哪抱来一抱干草。于是人们突然醒悟过来,纷纷跑回家,从炕席底下,从房梁上头,把早年留下的零散的干草抽出来,凑起来,很快打了一个草帘子。女人们又在墓坑里为他絮了一个厚厚的软软的草褥子,把磕巴舅舅埋在了那棵歪脖子老榆树下。

妻的眼圈湿了,赶紧扭过头,默默地望着车窗外,望着远方看不见的地方。她好像等待我接着讲下去,又好像不希望我讲下去。看得出,她的内心终于被搅动了,感情的波澜急剧地起伏着。良久,她才转过头问:"后来,小草怎么样了?"

后来,妈把小草接到了我家。

小草好像突然长大了,少女的天真从此在她的脸上消失了。黑亮的眼睛老是有一种忧郁凄楚的目光。就在那年,她主动辍学了,整天就知道默默干活,捋草籽、掏野菜、扫硷土,虽然她还算不上一个劳动力,但实际上一年的收入绝不比大人少。她觉得,只有这样才能报答妈的收养之恩。可实际上,我倒应当感谢她,没有小草,我也就得辍学回家干活了,包括我读书的费用,说起来都是小草提供的。但是大青哥却很少到我家来玩了,是因为我们都大了,各人都有各人该干的活,还是因为有小草在,我弄不清楚。

第二年,我便到县城读书去了。临走,小草把我的被褥都拆洗了。到学校后,我盖着新浆洗的被褥,突然闻到一股浓重的草香。原来,我的枕头里全被小草填上了鸭舌草。我从初中到高中,从县城到省城,那草香总是伴随着我,清爽极了。每当我躺到枕头上,心里就产生一种微妙而复杂的情绪。像一只形影朦胧的飞鸟,一团变幻不定的流云,一条涓涓流淌的心的潜河,始终把我和草甸子联结在一起。可是,开始我一直不明白,草甸子已经荒芜多年了,鸭舌草也早已绝迹了,小草从哪儿搞来这么多呢?居然装了一枕头!后来,我才知道,小草把她荷包里的草籽,偷偷撒在我家园子的角落里,致使鸭舌草得以延续和繁殖。直到现在,家乡的女孩子们都种鸭舌草,都用鸭舌草做荷包、装枕头,刻意美化着自己。

可是,等这些女孩子长大了,却都纷纷逃离了这个穷窝,逃离了这个草甸子,各自寻找各自的归宿去了。这下可苦了小伙子们。他们在当地找不到对象,娶不上媳妇,外乡姑娘一看这几撮泥房,这片荒凉的草甸子以及那些干草垒成的篱笆,就心灰意冷了。谁愿意往这个穷草窝里跳呢?

然而,人类总能以自己独特的方式维护一种平衡,就像自然界的那种生态平衡一样。不知道从什么时候开始,也不知道谁先带的头,小伙子们把扫硷土挣来的钱带上,纷纷到山东领媳妇去了。我不知道山东姑娘怎么那么好领,据说那地方更穷,几百块钱就能领一个蛮不错的姑娘。而且山东姑娘大都能干、贤惠、孝顺。只是大青哥执意不肯。有人说他没钱,有人说他胆小不敢出远门儿,但也有人说他早就看上了小草,而且两人早已私定终身。可是后来不知道为什么,小草还是嫁给了三十里以外的一个民办教师。小草出嫁后,大青哥曾也去过山东一次,不过没领来人。照他自己的说法,是因为看了几个都没相中。但也有人说他太老实,不会撒谎(据说去山东领媳妇得吹嘘自己家乡如何如何富,有什么东北"三大宝"啦,等等,否则人家不会跟你来的),还有人说他实际上看中一个姑娘,只是要往回领的时候,那姑娘又哭又闹,舍不得离开父母,他心一软,把钱留给人家,自己空着手回来了。我不知道哪种说法更可靠一些,总之,他闹个人财两空,回来时连盘缠都不够了,从沈阳一直步行回的家。

前年冬天,我回家探亲,一到家便去找大青哥。可惜大青哥不在家。据说他又攒足了钱去山东了。我决定等他回来。

没事的时候,我就到草甸子上转转。草甸子上白茫茫的一片积雪。我踏着积雪,寻找当年的足迹,寻找童年时期失落在草甸子上的绿色的梦,但一切都变得虚幻而模糊了。当我用双手扒开脚上的积雪,意外地发现雪下铺着一层薄薄的枯萎了的草叶子,枯草的根部还泛着鲜嫩的青绿。我的心顿时充满了希望和活力,因为这表明草甸子还活着,为自己的生存而抗争着……

几天以后,大青哥回来了。这回还真的领回一个姑娘!

"怎么样,这回该满意了吧?"我逗他,从心里替他高兴。

"人倒老实。"大青哥憨厚地一笑,"不过……""不过"什么?他没往下说,只是凄楚地向草甸子一瞥,我猜想,他一定想起了小草。

大青哥结婚的那天晚上,我看见了那个姑娘。比起小草的长相来,几乎是不相上下的。大青哥坐在角落里,一支接一支地抽烟,看不出,他到底是在掩饰欢愉,还是在掩饰遗憾。不知道他从什么地方翻出了一个五色布边儿缝制的荷包,慢慢地戴在新娘身上。我断定,那一定是小草留下来的。几天后人们还发现,大青哥在院子里磨起刀来,"嚓——哼——嚓"的磨刀声在夜空下显得那么有力、深邃、悠远。而那正是磕巴舅舅留下的那把大扇刀,谁也不知道这把大扇刀怎么落在他的手里,这么多年了,他竟一直保留着……

"我敢打赌,现在草甸子上一定长出了一片新草!"妻又高兴起来,以至于车子猛烈颠簸几下她都没介意,脸上闪着近乎童稚的神气。

"也许是吧。"我不那么肯定地说。因为我担心那片几经沧桑的草甸子会真的泯灭我那满腔的热望和神圣的记忆。不过,听家里来信的口气——"你回来就知道了。"我想一定是的,一定是妻所盼望见到的样子。可是妻根本没注意到我的口气,她说:"我们在家多住几天行吗?我们也去采点鸭舌草,我们也用鸭舌草装一对枕头……"好像那碧波荡漾的草甸子已经展现在她眼前了似的。我能说什么呢?但愿如此吧。

宋学武

(1947—)辽宁康平人。1982年开始发表作品。1985年加入中国作家协会。著有长篇小说《黄昏的土地》,短篇小说集《第五个房客》等。短篇小说《敬礼,妈妈》《干草》分获全国第五、第七届优秀短篇小说奖。

命若琴弦

史铁生

莽莽苍苍的群山之中走着两个瞎子,一老一少,一前一后,两顶发了黑的草帽起伏攒动,匆匆忙忙,像是随着一条不安静的河水在漂流。无所谓从哪儿来,也无所谓到哪儿去,每人带一把三弦琴,说书为生。

方圆几百上千里的这片大山中,重峦叠嶂,沟壑纵横,人烟稀疏,走一天才能见一片开阔地,有几个村落。荒草丛中随时会飞起一对山鸡,跳出一只野兔、狐狸或者其它小野兽。山谷中常有鹞鹰盘旋。寂静的群山没有一点阴影,太阳正热得凶。

"把三弦子抓在手里。"老瞎子喊,在山间震起回声。

"抓在手里呢。"小瞎子回答。

"操心身上的汗把三弦子弄湿了。弄湿了晚上弹你的肋条!"

"抓在手里呢。"

老少二人都赤着上身,各自拎了一条木棍探路,缠在腰间的粗布小褂已经被汗水润湿了一大片。蹚起来的黄土干得呛人。这正是说书的旺季。天长,村子里的人吃罢晚饭都不待在家里;有的人晚饭也不在家里吃,捧上碗到路边去,或者到场院里。老瞎子想赶着多说书,整个热季领着小瞎子一个村子一个村子紧走,一晚上一晚上紧说。老瞎子一天比一天紧张、激动,心里算定:弹断一千根琴弦的日子就在这个夏天了,说不定就在前面的野羊坳。

暴躁了一整天的太阳这会儿正平静下来,光线开始变得深沉。远远近近的蝉鸣也舒缓了许多。

"小子!你不能走快点吗?"老瞎子在前面喊,不回头也不放慢脚步。小瞎子紧跑几步,吊在屁股上的一只大挎包叮嘟哐嘟地响,离老瞎子仍有几丈远。

"野鸽子都往窝里飞啦。"

"什么?"小瞎子又紧走几步。

"我说野鸽子都回窝了,你还不快走!"

"噢。"

"你又鼓捣我那电匣子呢。"

"嘻——!鬼动了。"

"那耳机子快让你鼓捣坏了。"

"鬼动了!"

老瞎子暗笑:你小子才活了几天?"蚂蚁打架我也听得着。"老瞎子说。

小瞎子不争辩了,悄悄把耳机子塞到挎包里去,跟在师父身后闷闷地走路。无尽无休的无聊的路。

走了一阵子,小瞎子听见有只獾在地里啃庄稼,就使劲学狗叫,那只獾连滚带爬地逃走了。他觉得有点开心,轻声哼了几句小调儿,哥哥呀妹妹的。师父不让他养狗,怕受村子里的狗欺负,也怕欺负了别人家的狗,误了生意。又走了一会儿,小瞎子又听见不远处有条蛇在游动,弯腰摸了块石头砍过去,"哗啦啦"一阵高粱叶子响。老瞎子有点可怜他了,停下来等他。

"除了獾就是蛇。"小瞎子赶忙说,担心师父骂他。

"有了庄稼地了,不远了。"老瞎子把一个水壶递给徒弟。

"干咱们这营生的,一辈子就是走。"老瞎子又说,"累不?"小瞎子不回答,知道师父最讨厌他说累。

"我师父才冤呢。就是你师爷,才冤呢,东奔西走一辈子,到了儿没弹够一千根琴弦。"

小瞎子听出师父这会儿心绪好,就问:"什么是绿色的长乙(椅)?"

"什么,噢,八成是一把椅子吧。"

"曲折的油狼(游廊)呢?"

"油狼?什么油狼?"

"曲折的油狼。"

"不知道。"

"匣子里说的。"

"你就爱瞎听那些玩意儿。听那些玩意儿有什么用？天底下的好东西多啦，跟咱们有什么关系？"

"我就没听您说过,什么跟咱们有关系。"小瞎子把"有"字说得重。

"琴！三弦子！你爹让你跟了我来,是为让你弹好三弦子,学会说书。"

小瞎子故意把水喝得咕噜噜响。

再上路时小瞎子走在前头。

大山的阴影在沟谷里铺开来。地势也渐渐的平缓、开阔。

接近村子的时候,老瞎子喊住小瞎子,在背阴的山脚下找到一个小泉眼。细细的泉水从石缝里往外冒,淌下来,积成脸盆大的水洼,周围的野草长得茂盛,水流出去几十米便被干渴的土地吸干。

"过来洗洗吧,洗洗你那身臭汗味。"

小瞎子拨开野草在水洼边蹲下,心里还在猜想着"曲折的油狼"。

"把浑身都洗洗。你那样儿准像个小叫花子。"

"那您不就是个老叫花子了?"小瞎子把手按在水里,嘻嘻地笑。

老瞎子也笑,双手捧起水来往脸上泼。"可咱们不是叫花子,咱们有手艺。"

"这地方咱们好像来过。"小瞎子侧耳听着四周的动静。

"可你的心思总不在学艺上。你这小子心太野。老人的话你从来不着耳朵听。"

"咱们准是来过这儿。"

"别打岔！你那三弦子弹得还差着远呢。咱这命就在这几根琴弦上,我师父当年就这么跟我说。"

泉水清凉凉的。小瞎子又哥哥呀妹妹的哼起来。老瞎子挺来气："我说什么你听见了吗？"

"咱这命就在这几根琴弦上,您师父我师爷说的。我都听过八百遍了。您师父还给您留下一张药方,您得弹断一千根琴弦才能去抓那付药,吃了药您就能看见东西了。我听您说过一千遍了。"

"你不信？"

小瞎子不正面回答,说："干吗非得弹断一千根琴弦才能去抓那付药呢？"

"那是药引子。机灵鬼儿,吃药得有药引子！"

"一千根断了的琴弦还不好弄？"小瞎子忍不住嗤嗤地笑。

"笑什么笑！你以为你懂得多少事？得真正是一根一根弹断了的才成。"小瞎子不敢吱声了,听出师父又要动气。每回都是这样,容不得对这件事有怀疑。

老瞎子也没再作声,显得有些激动,双手搭在膝盖上,两颗头一样的眼珠对着苍天,像是一根一根地回忆着那些弹断的琴弦。盼了多少年了呀,老瞎子想,盼了五十年了!五十年中翻了多少架山,走了多少里路哇。挨了多少回晒,挨了多少回冻,心里受了多少委屈呀。一晚上一晚上地弹,心里总记着,得真正是一根一根尽心地弹断了才成。现在快盼到了,绝出不了这个夏天了。老瞎子知道自己又没什么能要命的病,活过这个夏天一点不成问题。"我比我师父可运气多了,"他说,"我师父到了儿没能睁开眼睛看一回。"

"咳!我知道这地方是哪儿了!"小瞎子忽然喊起来。

老瞎子这才动了动,抓起自己的琴来摇了摇,叠好的纸片碰在蛇皮上发出细微的响声,那张药方就在琴槽里。

"师父,这儿不是野羊岭吗?"小瞎子问。老瞎子没搭理他,听出这小子又不安稳了。

"前头就是野羊坳,是不是,师父?"

"小子,过来给我擦擦背。"老瞎子说,把弓一样的脊背弯给他。

"是不是野羊坳,师父?"

"是!干什么?你别又闹猫似的。"

小瞎子的心扑通扑通跳,老老实实地给师父擦背。老瞎子觉出他擦得很有劲。

"野羊坳怎么了?你别又叫驴似的会闻味儿。"

小瞎子心虚,不吭声,不让自己显出兴奋。

"又想什么呢?别当我不知道你那点心思。"

"又怎么了,我?"

"怎么了你?上回你在这儿疯得不够?那妮子是什么好货!"老瞎子心想,也许不该再带他到野羊坳来。可是野羊坳是个大村子,年年在这儿生意都好,能说上半个多月。老瞎子恨不能立刻弹断最后几根琴弦。小瞎子嘴上嘟嘟囔囔的,心却飘飘的,想着野羊坳里那个尖声细气的小妮子。

"听我一句话,不害你。"老瞎子说,"那号事靠不住。"

"什么事?"

"少跟我贫嘴,你明白我说的什么事。"

"我就没听您说过,什么事靠得住。"小瞎子又偷偷地笑。

老瞎子没理他,骨头一样的眼珠又对着苍天。那儿,太阳正变成一汪血。

两面脊背和山是一样的黄褐色。一座已经老了,嶙峋瘦骨像是山根下裸露的基石。另一座正年轻。老瞎子七十岁,小瞎子才十七。小瞎子十四岁上父亲把他送到老瞎子这儿来,为的是让他学说书,这辈子好有个本事,将来可以独自在世上活下去。

老瞎子说书已经说了五十多年。这一片偏僻荒凉的大山里的人们都知道他：头发一天天变白，背一天天变驼，年年月月背一把三弦琴满世界走，逢上有愿意出钱的地方就拨动琴弦唱一晚上，给寂寞的山村带来欢乐。开头常是这么几句："自从盘古分天地，三皇五帝到如今，有道君王安天下，无道君王害黎民。轻轻弹响三弦琴，慢慢稍停把歌论，歌有三千七百本，不知哪本动人心。"于是听书的众人喊起来，老的要听董永卖身葬父，小的要听武二郎夜走蜈蚣岭，女人们想听秦香莲。这是老瞎子最知足的一刻，身上的疲劳和心里的孤寂全忘却，不慌不忙地喝几口水，待众人的吵嚷声鼎沸，便把琴弦一阵紧拨，唱道："今日不把别人唱，单表公子小罗成。"或者："茶也喝来烟也吸，唱一回哭倒长城的孟姜女。"满场立刻鸦雀无声，老瞎子也全心沉到自己所说的书中去。

他会的老书数不尽。他还有一个电匣子，据说是花了大价钱从一个山外人手里买来，为的是学些新词儿，编些新曲儿。其实山里人倒不太在乎他说什么唱什么。人人都称赞他那三弦子弹得讲究，轻轻漫漫的，飘飘洒洒的，疯疯狂狂的，那里头有天上的日月，有地上的生灵。老瞎子的嗓子能学出世上所有的声音，男人、女人、刮风下雨、兽啼禽鸣。不知道他脑子里能呈现出什么景象，他一落生就瞎了眼睛，从没见过这个世界。

小瞎子可以算见过世界，但只有三年，那时还不懂事。他对说书和弹琴并无多少兴趣，父亲把他送来的时候费尽了唇舌，好说歹说连哄带骗，最后不如说是那个电匣子把他留住。他抱着电匣子听得入神，甚至没发觉父亲什么时候离去。

这只神奇的匣子永远令他着迷，遥远的地方和稀奇古怪的事物使他幻想不绝，凭着三年朦胧的记忆，补充着万物的色彩和形象。譬如海，匣子里说蓝天就像大海，他记得蓝天，于是想象出海；匣子里说海是无边无际的水，他记得锅里的水，于是想象出满天排开的水锅。再譬如漂亮的姑娘，匣子里说就像盛开的花朵，他实在不相信会是那样，母亲的灵柩被抬到远山上去的时候，路上正开遍着野花，他永远记得却永远不愿意去想。但他愿意想姑娘，越来越愿意想；尤其是野羊坳的那个尖声细气的小妮子，总让他心里荡起波澜。直到有一回匣子里唱道，"姑娘的眼睛就像太阳"，这下他才找到了一个贴切的形象，想起母亲在红透的夕阳中向他走来的样子。其实人人都是根据自己的所知猜测着无穷的未知，以自己的感情勾画出世界。每个人的世界就都不同。

也总有一些东西小瞎子无从想象，譬如"曲折的油狼"。

这天晚上，小瞎子跟着师父在野羊坳说书。又听见那小妮子站在离他不远处尖声细气地说笑。书正说到紧要处——"罗成回马再交战，大胆苏烈又兴兵。苏烈大刀如流水，罗成长枪似腾云，好似海中龙吊宝，犹如深山虎争林。又战七日并七夜,罗成清茶无点唇……"老瞎子把琴弹得如雨骤风疾,字字句句唱得铿锵。小瞎子却心猿意马,手底下早乱了套数……

野羊岭上有一座小庙,离野羊坳村二里地,师徒二人就在这里住下。石头砌的院墙已经残断不全,几间小殿堂也歪斜欲倾百孔千疮,唯正中一间尚可遮蔽风雨,大约是因为这一间中毕竟还供奉着神灵。三尊泥像早脱尽了尘世的彩饰,还一身黄土本色返璞归真了,认不出是佛是道。院里院外、房顶墙头都长满荒藤野草,翁翁郁郁倒有生气。老瞎子每回到野羊坳说书都住这儿,不出房钱又不惹是非。小瞎子是第二次住在这儿。

散了书已经不早,老瞎子在正殿里安顿行李,小瞎子在侧殿的檐下生火烧水。去年砌下的灶火稍加修整就可以用。小瞎子撅着屁股吹火,柴草不干,呛得他满院里转着圈咳嗽。老瞎子在正殿里数叨他:"我看你能干好什么。"

"柴湿嘛。"

"我没说这事。我说的是你的琴,今儿晚上的琴你弹成了什么。"

小瞎子不敢接这话茬,吸足了几口气又跪到灶火前去,鼓着腮帮子一通猛吹。"你要是不想干这行,就趁早给你爹捎信把你领回去。老这么闹猫闹狗的可不行,要闹回家闹去。"

小瞎子咳嗽着从灶火边跳开,几步窜到院子另一头,呼哧呼哧大喘气,嘴里一边骂。

"说什么呢?"

"我骂这火。"

"有你那么吹火的?"

"那怎么吹?"

"怎么吹?哼,"老瞎子顿了顿,又说,"你就当这灶火是那妮子的脸!"

小瞎子又不敢搭腔了,跪到灶火前去再吹,心想:真的,不知道兰秀儿的脸什么样。那个尖声细气的小妮子叫兰秀儿。

"那要是妮子的脸,我看你不用教也会吹。"老瞎子说。

小瞎子笑起来,越笑越咳嗽。

"笑什么笑!"

"您吹过妮子脸?"

老瞎子一时语塞。小瞎子笑得坐在地上。"日他妈。"老瞎子骂道,笑笑,然后变了脸色,再不言语。

灶膛里腾的一声,火旺起来。小瞎子再去添柴,一心想着兰秀儿。才散了书的那会儿,兰秀儿挤到他跟前来小声说:"哎,上回你答应我什么来?"师父就在旁边,他没敢吭声。人群挤来挤去,一会儿又把兰秀儿挤到他身边。"噫,上回吃人家的煮鸡蛋倒白吃了？"兰秀儿说，声音比上回大。这时候师父正忙着跟几个老汉拉话，他赶紧说："嘘——我记着呢。"兰秀儿又把声音压低："你答应给我听电匣子你还没给我听。""嘘——我记着呢。"幸亏那会儿人声嘈杂。

正殿里好半天没有动静。之后，琴声响了，老瞎子又上好了一根新弦。他本来应该高兴的，来野羊坳头一晚上就又弹断一根琴弦。可是那琴声却低沉、零乱。

小瞎子渐渐听出琴声不对，在院里喊："水开了，师父。"

没有回答。琴声一阵紧似一阵了。

小瞎子端了一盆热水进来，放在师父跟前，故意嘻嘻笑着说："您今儿晚还想弹断一根是怎么着？"

老瞎子没听见，这会儿他自己的往事都在心中。琴声烦躁不安，像是年年旷野里的风雨，像是日夜山谷中的溪流，像是奔奔忙忙不知所归的脚步声。小瞎子有点害怕了：师父很久不这样，师父一这样就要犯病，头疼、心口疼、浑身疼，会几个月爬不起炕来。

"师父，您先洗脚吧。"

琴声不停。

"师父，您该洗脚了。"小瞎子的声音发抖。

琴声不停。

"师父！"

琴声戛然而止，老瞎子叹了口气。小瞎子松了口气。老瞎子洗脚，小瞎子乖乖地坐在他身边。

"睡去吧，"老瞎子说："今儿个够累的了。"

"您呢？"

"你先睡，我得好好泡泡脚，人上了岁数毛病多。"老瞎子故意说得轻松。

"我等您一块儿睡。"

山深夜静。有了一点风，墙头的草叶子响。夜猫子在远处哀哀地叫。听得见野羊坳里偶尔有几声狗吠，又引得孩子哭。月亮升起来，白光透过残损的窗棂进了殿堂，照见两个瞎子和三尊神像。

"等我干吗？时候不早了。"

"你甭担心我，我怎么也不怎么。"老瞎子又说。

"听见没有，小子？"

小瞎子到底年轻，已经睡着。老瞎子推推他让他躺好，他嘴里咕囔了几句倒头睡去。老瞎子给他盖被时，从那身日渐发育的筋肉上觉出，这孩子到了要想那些事的年龄，非得有一段苦日子过不可了。唉，这事谁也替不了谁。

老瞎子再把琴抱在怀里,摩挲着根根绷紧的琴弦,心里使劲念叨:又断了一根了,又断了一根了。再摇摇琴槽,有轻微的纸和蛇皮的摩擦声,唯独这事能为他排忧解烦。一辈子的愿望。

小瞎子做了一个好梦,醒来吓了一跳,鸡已经叫了。他一骨碌爬起来听听,师父正睡得香,心说还好。他摸到那个大挎包,悄悄地掏出电匣子,蹑手蹑脚出了门。

往野羊坳方向走了一会儿,他才觉出不对头,鸡叫声渐渐停歇,野羊坳里还是静静的没有人声。他愣了一会儿,鸡才叫头遍吗?灵机一动扭开电匣子。电匣子里也是静悄悄。现在是半夜。他半夜里听过匣子,什么都没有。这匣子对他来说还是个表,只要扭开一听,便知道是几点钟,什么时候有什么节目都是一定的。

小瞎子回到庙里,老瞎子正翻身。

"干吗哪?"

"撒尿去了。"小瞎子说。

一上午,师父逼着他练琴。直到晌午饭后,小瞎子才瞅机会溜出庙来,溜进野羊坳。鸡也在树荫下打盹,猪也在墙根下说着梦话,太阳又热得凶,村子里很安静。

小瞎子踩着磨盘,扒着兰秀儿家的墙头轻声喊:"兰秀儿——兰秀儿——"屋里传出雷似的鼾声。

他犹豫了片刻,把声音稍稍抬高:"兰秀儿——!兰秀儿!"

狗叫起来。屋里的鼾声停了,一个闷声闷气的声音问:"谁呀?"

小瞎子不敢回答,把脑袋从墙头上缩下来。屋里吧唧了一阵嘴,又响起鼾声。

他叹口气,从磨盘上下来怏怏地往回走。忽听见身后嘎吱一声院门响,随即一阵细碎的脚步声向他跑来。

"猜是谁?"尖声细气。小瞎子的眼睛被一双柔软的小手捂上了。——这才多余呢。兰秀儿不到十五岁,认真说还是个孩子。

"兰秀儿!"

"电匣子拿来没?"

小瞎子掀开衣襟,匣子挂在腰上。"嘘——别在这儿,找个没人的地方听去。"

"咋啦?"

"回头招好些人。"

"咋啦?"

"那么多人听,费电。"

两个人东拐西弯,来到山背后那眼小泉边。小瞎子忽然想起件事,问兰秀儿:"你见过曲折的油狼吗?"

"啥?"

"曲折的油狼。"

"曲折的油狼?"

"知道吗?"

"你知道?"

"当然。还有绿色的长椅。就一把椅子。"

"椅子谁不知道?"

"那曲折的油狼呢?"

兰秀儿摇摇头,有点崇拜小瞎子了。小瞎子这才郑重其事地扭开电匣子,一支欢快的乐曲在山沟里飘荡。

这地方又凉快又没有人来打扰。

"这是'步步高'。"小瞎子说,跟着哼。一会儿又换了支曲子,叫"旱天雷",小瞎子还能跟着哼。兰秀儿觉得很惭愧。

"这曲子也叫'和尚思妻'。"

兰秀儿笑起来:"瞎骗人!"

"你不信?"

"不信。"

"爱信不信。这匣子里说的古怪事多啦。"小瞎子玩着凉凉的泉水,想了一会儿。"你知道什么叫接吻吗?"

"你说什么叫?"

这回轮到小瞎子笑,光笑不答。兰秀儿明白准不是好话,红着脸不再问。

音乐播完了,一个女人说:"现在是讲卫生节目。"

"啥?"兰秀儿没听清。

"讲卫生。"

"是什么?"

"嗯——你头发上有虱子吗?"

"去——别动!"

小瞎子赶忙缩回手来,赶忙解释:"要有就是不讲卫生。"

"我才没有。"兰秀儿抓抓头,觉得有些刺痒。"嘻——瞧你自个儿吧!"兰秀儿一把搬过小瞎子的头,"看我捉几个大的。"

这时候听见老瞎子在半山上喊:"小子,还不给我回来! 该做饭了,吃罢饭还得去说书!"他已经站在那儿听了好一会儿了。

野羊坳里已经昏暗,羊叫、驴叫、狗叫、孩子们叫,处处起了炊烟。野羊岭上还有一线残阳,小庙正在那淡薄的光中,没有声响。

小瞎子又撅着屁股烧火。老瞎子坐在一旁淘米,凭着听觉他能把米中的沙子捡出来。

"今天的柴挺干。"小瞎子说。

"嗯。"

"还是焖饭?"

"嗯。"

小瞎子这会儿精神百倍,很想找些话说,但是知道师父的气还没消,心说还是少找骂。两个人默默地干着自己的事,又默默地一块儿把饭做熟。岭上也没了阳光。

小瞎子盛了一碗小米饭,先给师父:"您吃吧。"声音怯怯的,无比驯顺。

老瞎子终于开了腔:"小子,你听我一句行不?"

"嗯。"小瞎子往嘴里扒拉饭,回答得含糊。

"你要是不愿意听,我就不说。"

"谁说不愿意听了?我说'嗯'!"

"我是过来人,总比你知道得多。"

小瞎子闷头扒拉饭。

"我经过那号事。"

"什么事?"

"又跟我贫嘴!"老瞎子把筷子往灶台上一摔。

"兰秀儿光是想听听电匣子。我们光是一块儿听电匣子来。"

"还有呢?"

"没有了。"

"没有了?"

"我还问她见没见过曲折的油狼。"

"我没问你这个!"

"后来,后来,"小瞎子不那么气壮了。"不知怎么一下就说起了虱子……"

"还有呢?"

"没了。真没了!"

两个人又默默地吃饭。老瞎子带了这徒弟好几年,知道这孩子不会撒谎,这孩子最让人放心的地方就是诚实、厚道。

"听我一句话,保准对你没坏处。以后离那妮子远点儿。"

125

"兰秀儿人不坏。"

"我知道她不坏,可你离她远点儿好。早年你师爷这么跟我说,我也不相信……"

"师爷?说兰秀儿?"

"什么兰秀儿,那会儿还没她呢。那会儿还没有你们呢……"老瞎子阴郁的脸又转向暮色浓重的天际,骨头一样白色的眼珠不住地转动,不知道在那儿他能"看"见什么。许久,小瞎子说:"今儿晚上您多半又能弹断一根琴弦。"想让师父高兴些。

这天晚上师徒俩又在野羊坳说书。"上回唱到罗成死,三魂七魄赴幽冥,听歌君子莫嘈嚷,列位听我道下文。罗成阴魂出地府,一阵旋风就起身,旋风一阵来得快,长安不远面前存……"老瞎子的琴声也乱,小瞎子的琴声也乱。小瞎子回忆着那双柔软的小手捂在自己脸上的感觉,还有自己的头被兰秀儿搬过去时的滋味。老瞎子想起的事情更多……

夜里老瞎子翻来覆去睡不安稳,多少往事在他耳边喧嚣,在他心头动荡,身体里仿佛有什么东西要爆炸。坏了,要犯病,他想。头昏,胸口憋闷,浑身紧巴巴的难受。他坐起来,对自己叮咕:"可别犯病,一犯病今年就甭想弹够那些琴弦了。"他又摸到琴。要能叮叮当当随心所欲地疯弹一阵,心头的忧伤或许就能平息,耳边的往事或许就会消散。可是小瞎子正睡得香甜。

他只好再全力去想那张药方和琴弦:还剩下几根,还只剩最后几根了。那时就可以去抓药了,然后就能看见这个世界——他无数次爬过的山,无数次走过的路,无数次感到过她的温暖和炽热的太阳,无数次梦想着的蓝天、月亮和星星……还有呢?突然间心里一阵空,空得深重。只为了这些?还有什么?他朦胧中所盼望的东西似乎比这要多得多……

夜风在山里游荡。

猫头鹰又在凄哀地叫。

不过现在他老了,无论如何没几年活头了,失去的已经永远失去了,他像是刚刚意识到这一点。七十年中所受的全部辛苦就为了最后能看一眼世界,这值得吗?他问自己。

小瞎子在梦里笑,在梦里说:"那是一把椅子,兰秀儿……"

老瞎子静静地坐着。静静地坐着的还有那三尊分不清是佛是道的泥像。

鸡叫头遍的时候老瞎子决定,天一亮就带这孩子离开野羊坳。否则这孩子受不了,他自己也受不了。兰秀儿人不坏,可这事会怎么结局,老瞎子比谁都"看"得清楚。鸡叫二遍,老瞎子开始收拾行李。

可是一早起来小瞎子病了,肚子疼,随即又发烧。老瞎子只好把行期推迟。

一连好几天,老瞎子无论是烧火、淘米、捡柴,还是给小瞎子挖药、煎药,心里总是在说:"值得,当然值得。"要是不这么反反复复对自己说,身子似乎就全要垮掉。"我非要最后看一眼不可。""要不怎么着?就这么死了去?""再说就只剩下最后几根了。"后面三句都是理由。老瞎子又冷静下来,天天晚上还到野羊坳去说书。

这一下小瞎子倒来了福气。每天晚上师父到岭下去了,兰秀儿就猫似的轻轻跳进庙里来听匣子。兰秀儿还带来熟的鸡蛋,条件是得让她亲手去扭那匣子的开关。"往哪边扭?""往右。""扭不动。""往右,笨货,不知道哪边是右哇?""咔嗒"一下,无论是什么便响起来,无论是什么俩人都爱听。

又过了几天,老瞎子又弹断了三根琴弦。

这一晚,老瞎子在野羊坳里自弹自唱:"不表罗成投胎事,又唱秦王李世民。秦王一听双泪流,可怜爱卿丧残身,你死一身不打紧,缺少扶朝上将军……"

野羊岭上的小庙里这时更热闹。电匣子的音量开得挺大,又是孩子哭,又是大人喊,轰隆隆地又响炮,嘀嘀嗒嗒地又吹号。月光照进正殿,小瞎子躺着啃鸡蛋,兰秀儿坐在他旁边。两个人都听得兴奋,时而大笑,时而稀里糊涂莫名其妙。

"这匣子你师父哪买来?"

"从一个山外头的人手里。"

"你们到山外头去过?"兰秀儿问。

"没。我早晚要去一回就是,坐坐火车。"

"火车?"

"火车你也不知道?笨货。"

"噢,知道知道,冒烟哩是不是?"

过了一会儿兰秀儿又说:"保不准我就得到山外头去。"语调有些惆怅。

"是吗?"小瞎子一挺坐起来,"那你到底瞧瞧曲折的油狼是什么。"

"你说是不是山外头的人都有电匣子?"

"谁知道。我说你听清楚没有?曲、折、的、油、狼,这东西就在山外头。"

"那我得跟他们要一个电匣子。"兰秀儿自言自语地想心事。

"要一个?"小瞎子笑了两声,然后屏住气,然后大笑,"你干嘛不要俩?你可真本事大。你知道这匣子几千块钱一个?把你卖了吧,怕也换不来。"

兰秀儿心里正委屈,一把揪住小瞎子的耳朵使劲拧,骂道:"好你死瞎子。"

两个人在堂殿里扭打起来。三尊泥像袖手旁观帮不上忙。两个年轻的正在发育的身体碰撞在一起,纠缠在一起,一个把一个压在身下,一会儿又颠倒过来,骂声变成笑声。匣子在一边唱。

打了好一阵子,两个人都累得住了手,心怦怦跳。面对面躺着喘气,不言声儿,谁却也不愿意再拉开距离。兰秀儿呼出的气吹在小瞎子脸上,小瞎子感到了诱惑,并且想起那天吹火时师父说的话,就往兰秀儿脸上吹气。兰秀儿并不躲。

"嘿,"小瞎子小声说,"你知道接吻是什么了吗?"

"是什么?"兰秀儿的声音也小。

小瞎子对着兰秀儿的耳朵告诉她。兰秀儿不说话。老瞎子回来之前,他们试着亲了嘴儿,滋味真不坏……

就是这天晚上,老瞎子弹断了最后两根琴弦。两根弦一齐断了。他没料到。他几乎是连跑带爬地上了野羊岭,回到小庙里。小瞎子吓了一跳:"怎么了,师父?"

老瞎子气喘吁吁地坐在那儿,说不出话。小瞎子有些犯嘀咕:莫非是他和兰秀儿干的事让师父知道了?

老瞎子这才相信:一切都是值得的。一辈子的辛苦是值得的。能看一回,好好看一回,怎么都是值得的。

"小子,明天我就去抓药。"

"明天?"

"明天。"

"又断了一根?"

"两根。两根都断了。"

老瞎子把那两根弦卸下来,放在手里揉搓了一会儿,然后把它们并到另外的九百九十八根中去,绑成一捆。

"明天就走?"

"天一亮就动身。"

小瞎子心里一阵发凉。老瞎子开始剥琴槽上的蛇皮。

"可我的病还没好利索。"小瞎子小声叨咕。

"噢,我想过了,你就先留在这儿,我用不了十天就回来。"

小瞎子喜出望外。

"你一个人行不?"

"行!"小瞎子紧忙说。

老瞎子早忘了兰秀儿的事。"吃的、喝的、烧的全有。你要是病好利索了,也该学着自个儿去说回书。行吗?"

"行。"小瞎子觉得有点对不住师父。

蛇皮剥开了,老瞎子从琴槽中取出一张叠得方方正正的纸条。他想起这药方进琴槽时,自己才二十岁,便觉得浑身上下都好像冷。

小瞎子也把那药方放在手里摸了一会儿,也有了几分肃穆。

"你师爷一辈子才冤呢。"

"他弹断了多少根?"

"他本来能弹够一千根,可他记成了八百。要不然他能弹断一千根。"

天不亮老瞎子就上路了。他说最多十天就回来,谁也没想到他竟去了那么久。

老瞎子回到野羊坳时已经是冬天,漫天大雪,灰暗的天空连接着白色的群山。没有声息,处处也没有生气,空旷而沉寂。所以老瞎子那顶发了黑的草帽就尤其蹿动得显著。他蹒蹒跚跚地爬上野羊岭。庙院中衰草瑟瑟,窜出一只狐狸,仓惶逃远。

村里人告诉他,小瞎子已经走了些日子。

"我告诉他等我回来。"

"不知道他干吗就走了。"

"他没说去哪儿?留下什么话没?"

"他说让您甭找他。"

"什么时候走的?"

人们想了好久,都说是在兰秀儿嫁到山外去的那天。老瞎子心里便一切全都明白了。

众人劝老瞎子留下来,这么冰天雪地的上哪去?不如在野羊坳说一冬书。老瞎子指指他的琴,人们见琴柄上空荡荡已经没了琴弦。老瞎子面容也憔悴,呼吸也孱弱,嗓音也沙哑了,完全变了个人。他说得去找他的徒弟。

若不是还想着他的徒弟,老瞎子就回不到野羊坳。那张他保存了五十年的药方原来是一张无字的白纸。他不信,请了多少个识字而又诚实的人帮他看,人人都说那果真就是一张无字的白纸。老瞎子在药铺前的台阶上坐了一会儿,他以为是一会儿,其实已经几天几夜,骨头一样的眼珠在询问苍天,脸色也变成骨头一样的苍白。有人以为他是疯了,安慰他,劝他。老瞎子苦笑:七十岁了再疯还有什么意思?他只是再不想动弹,吸引着他活下去、走下去、唱下去的东西骤然间消失干净。就像一根不能拉紧的琴弦,再难弹出赏心悦耳的曲子。老瞎子的心弦断了,准确地说,是有一端空无所系了。一根琴弦需要两个点才能拉紧。心弦也要两个点——一头是追求,一头是目的——你才能在中间这紧绷绷的过程上弹响心曲。现在发现那目的原来是空的。老瞎子在一个小客店里住了很久,觉得身体里的一切都在熄灭。他整天躺在炕上,不弹也不唱,一天天迅速地衰老。直到花光了身上所有的钱,直到忽然想起了他的徒弟,他知道自己的死期将至,可那孩子在等他回去。

茫茫雪野，皑皑群山，天地之间蠕动着一个黑点。走近时，老瞎子的身影弯得如一座桥。他去找他的徒弟。他知道那孩子目前的心情、处境。

他想自己先得振作起来，但是不行，前面明明没有了目标。

他一路走，便怀恋起过去的日子，才知道以往那些奔奔忙忙兴致勃勃的翻山、赶路、弹琴，乃至心焦、忧虑都是多么欢乐！那时有个东西把心弦扯紧，虽然那东西原是虚设。老瞎子想起他师父临终时的情景。他师父把那张自己没用上的药方封进他的琴槽。

"您别死，再活几年，您就能睁眼看一回了。"说这话时他还是个孩子。他师父久久不言语，最后说："记住，人的命就像这琴弦，拉紧了才能弹好，弹好了就够了。"……不错，那意思就是说：目的本来没有。不错，他的一辈子都被那虚设的目的拉紧，于是生活中叮叮当当才有了生气。重要的是从那绷紧的过程中得到欢乐，老瞎子知道怎么对自己的徒弟说了。可是他又想：能把一切都告诉小瞎子吗？老瞎子又试着振作起来，可还是不行，总摆脱不掉那张无字的白纸……

在深山里，老瞎子找到了小瞎子。

小瞎子正跌倒在雪地里，一动不动，想那么等死。老瞎子懂得那绝不是装出来的悲哀。老瞎子把他拖进一个山洞，他已无力反抗。老瞎子捡了些柴，打起一堆火。

小瞎子渐渐有了哭声。老瞎子放了心，任他尽情尽意地哭。只要还能哭就还有救，只要还能哭就有哭够的时候。

小瞎子哭了几天几夜，老瞎子就那么一声不吭地守候着。火光和哭声惊动了野兔子、山鸡、野羊、狐狸和鹞鹰……

终于小瞎子说话了："干吗咱们是瞎子！"

"就因为咱们是瞎子。"老瞎子回答。

终于小瞎子又说："我想睁开眼看看，师父，我想睁开眼看看！哪怕就看一回。"

"你真那么想吗？"

"真想，真想——"

老瞎子把篝火拨得更旺些。

雪停了，铅灰色的天空中，太阳像一面闪光的小镜子。鹞鹰在平稳地滑翔。

"那就弹你的琴弦，"老瞎子说，"一根一根尽力地弹吧。"

"师父，您的药抓来了？"小瞎子如梦方醒。

"记住，得真正是弹断的才成。"

"您已经看见了吗？师父，您现在看得见了？"

小瞎子挣扎着起来，伸手去摸师父的眼窝。老瞎子把他的手抓住。

"记住,得弹断一千二百根。"

"一千二?"

"把你的琴给我,我把这药方给你封在琴槽里。"老瞎子现在才弄懂了他师父当年对他说的话——咱的命就在这琴弦上。

目的虽是虚设的,可非得有不行,不然琴弦怎么拉紧?拉不紧就弹不响。

"怎么是一千二,师父?"

"是一千二。我没弹够,我记成了一千。"老瞎子想:这孩子再怎么弹吧,还能弹断一千二百根?永远扯紧欢跳的琴弦,不必去看那张无字的白纸……

这地方偏僻荒凉,群山不断。荒草丛中随时会飞起一对山鸡,跳出一只野兔、狐狸,或者其它小野兽,山谷中鹞鹰在盘旋。

现在让我们回到开始:

莽莽苍苍的群山之中走着两个瞎子,一老一少,一前一后,两顶发了黑的草帽起伏攒动,匆匆忙忙,像是随着一条不安静的河水在漂流。无所谓从哪儿来、到哪儿去,也无所谓谁是谁……

史铁生

(1951—2010)出生于北京,原籍河北省涿县(今涿州市)。1972年因下肢瘫痪回到北京。1974~1981年在北京北新桥街道工厂做工。1983年加入中国作家协会。

1979年开始发表文学作品。有中短篇小说集《我的遥远的清平湾》《礼拜日》《舞台效果》《命若琴弦》,散文随笔集《我与地坛》《病隙碎笔》《扶轮问路》,长篇小说《务虚笔记》《我的丁一之旅》以及《史铁生作品集》等。小说《我的遥远的清平湾》《奶奶的星星》分获1982年和1983年全国优秀短篇小说奖,短篇小说《老屋小记》获第一届鲁迅文学奖,散文集《病隙碎笔》获第三届鲁迅文学奖。

父 亲

梁晓声

一

小时候,父亲在我心目中,是严厉的一家之主,绝对权威。他靠出卖体力供我吃穿,是我的恩人,也是我惧怕的人。

父亲板起脸,母亲和我们弟兄四个就忐忑不安,如对大风暴有感应的鸟儿。

父亲难得心里高兴,表情开朗。

那时妹妹未降生,爷爷在世,老得无法行动了,整天躺在炕上咳嗽不止,但还很能吃。全家七口人高效率的消化系统,仅靠吮咂一个三级抹灰工的汗水。用母亲的话说,全家天天都在"吃"父亲。

父亲是个刚强的山东汉子,从不抱怨生活,板着脸任我们"吃"他。父亲的生活原则——万事不求人。邻居说我们家:"房顶开门,屋地打井"。

我常常祈祷,希望父亲也抱怨点什么,也唉声叹气。我听邻居一位会算命的老太太说过这样一句话:"人人胸中一口气。"按照我天真幼稚的想法,父亲唉声叹气,则会少发脾气了。

父亲就是不肯唉声叹气。这大概是他的"命"所决定的吧？但父亲发脾气的时候，我却非常能谅解他，甚至同情他。

父亲第一次对我发脾气，就给我留下了终生难忘的印象。一个惯于欺负弱小的大孩子，用碎玻璃在我刚穿到身上的新衣服背后划了两道口子。父亲不容我分说，狠狠打了我一记耳光。我没哭，没敢哭，却委屈极了，三天没说话，在拥挤着七口人的不足十六平方米的空间内，生活绝不会因为四个孩子中的一个三天没说话而变得异常。全家都没注意我三天没说话。

第四天，在学校，在课堂，老师点名，要我站起来读课文。那是一篇我早已读熟了的课文。我站起来后，许久未开口。老师急了，同学们也急了。老师和同学都用焦急的目光看着我。教室的最后一排，坐着七八位外校的听课老师。

"你怎么了？你为什么不开口读？"老师生气了，脸都气红了。

我哇的一声大哭起来。

从此，我们小学二年级三班，少了一名老师喜爱的"领读生"，多了一个"结巴磕子"。我，从此失掉了一个孩子的自尊心……

我的口吃，直至上中学以后，才自我矫正过来。我变成了一个说话慢言慢语的人。有人因此把我看得很"成熟"，有人因此把我看得"胸有城府"。而在需要"据理力争"的时候，我往往又成了一个"结巴磕子"，或是一个"理屈词穷"者。父亲从来也没对我表示过歉意。因为他从来也没将他打我那一耳光和我以后的口吃联系在一起……

爷爷的脾气也很火暴。父亲发怒时，爷爷不开骂，便很值得我们庆幸了。

母亲属羊，也像羊那么驯顺，完全被父亲所"统治"。中国的底层家庭的主妇，对困窘生活的适应力和耐受力是极可敬的。她们凭一种本能对未来充满憧憬。虽然这憧憬是朦胧的、盲目的，带有浪漫的主观色彩的。期望孩子长大成人后都有出息，是她们这种憧憬的萌发基础。我的母亲在这方面的自觉性和自信心，我以为是高于许多母亲的。

关于"出息"，父亲是有他独到的理解的。

一天，吃饭的时候，我喝光了一碗包谷面粥，端着碗又要去盛，瞥见父亲在瞪我。我胆怯了，犹犹豫豫地站在粥盆旁。父亲却鼓励我："盛呀，再吃一碗！"见我只盛了半碗，又说："盛满！"接着，用筷子指着哥哥和两个弟弟，异常严肃地说："你们都要能吃！能吃，才长力气！你们眼下靠我的力气吃饭，将来，你们都是靠自己的力气吃饭的！"

父亲脸上呈现出一种真实的慈祥，一种由衷的喜悦，一种殷殷的期望，一种欣慰，一种光彩，一种爱。

我将那满满一大碗包谷面粥喝下去了，还强吃掉半个窝窝头。为了报答父亲,报答他脸上那种稀罕的慈祥和光彩。

我以一个小学生的理解力,将父亲那番话理解为对我的一次具有征服性的教导。从那一天起,饭量大了,我觉得自己的肌肉也仿佛日渐发达,力气也似乎有所增长。

"老梁家的孩子,一个个都像小狼崽子似的。窝窝头、包谷面粥、咸菜疙瘩,瞧一顿顿吃得多欢,吃得多馋人哟!"这是邻居对我们家的唯一羡慕之处。父亲引以为豪。

我十岁那年,父亲随东北建筑工程公司支援大西北去了。父亲离家不久,爷爷死了。爷爷死后不久,妹妹出生了。妹妹出生不久,母亲病了。医生说,因为母亲生病,妹妹不能吃母亲的奶。哥哥已上中学,每天给母亲熬药,指挥我们将家庭乐章继续下去。我每天给妹妹打牛奶,在母亲的言传下,用奶瓶喂妹妹。

我极希望自己有一个姐姐。母亲曾为我生育过一个姐姐。然而我未见过姐姐长什么样,她不满三岁就病死了。姐姐死得很冤,因为父亲不相信西医,不允许母亲抱她去西医院看病。结果,母亲偷偷抱着姐姐去西医院,医生说晚了。母亲由于姐姐的死大病一场。父亲也从不觉得应对姐姐的死负什么责任。父亲认为,姐姐纯粹是因为吃了两片西药被药死的。

"西药,是治外国人的病的。外国人和我们中国人的血脉不一样。怎么可以靠西药来治我们中国人的病?西药要能治中国人的病,我们中国还发明中医干什么!"

父亲这样对母亲吼。

母亲辩驳:"中医先生也叫抱孩子去看看西医。"

"讲这话的,就不是好中医!"父亲更恼火了。

母亲,只有默默垂泪而已。

邻居那个会算命的老太太,说按照麻衣神相,男属阳,女属阴。说我们家的血脉阳盛阴衰,不可能有女孩。说我夭折的姐姐,是被我们家的阳刚之气"克"逃了,又托生到别人家中去了。

一天晚上,我亲眼看见,父亲将一包中草药偷偷塞进炉膛里,满屋弥漫一种苦涩的中草药味。父亲在炉前呆呆站立了许久,从炉盖子缝隙闪耀出的火光,忽明忽暗地映在他的脸上。父亲的神情那般肃穆,肃穆中呈现出一种哀伤……

我幼小的心灵,当时很信服麻衣神相之说。要不妹妹为什么是在父亲离家,爷爷死后才出生呢?我尽心尽意照料妹妹,希望妹妹是个胆大的女孩,希望父亲三年内别探家。唯恐妹妹也像姐姐似的,"托生"到别人家中去。

父亲果然三年没探家,不是怕"克"逃了妹妹,是打算积攒一笔钱。他身在异地,但仍企图用他那条"万事不求人"的生活原则遥控家庭。

"要节俭,要精打细算,千万不能东挪西借……"父亲求人写的每一封家信中,都忘不了对母亲谆谆告诫一番。父亲每月寄回的钱,根本不足以维持家中的起码开销。母亲彻底背叛了父亲的原则。我们家"房顶开门,屋地打井"的"自力更生"的历史阶段,很令人悲哀地结束了。我们连心理上的所谓"穷志气"都失掉了……

父亲第一次探家,是在春节前夕。父亲攒了三百多元钱,还了母亲的债,剩下一百多元。

"你是怎么过的日子?啊?!我每封信都叮嘱你,可你还是贷了这么多债!你带着孩子们这么个过法,我养活得起吗?"父亲对母亲吼。他坐在炕沿上,当着我们的面,粗糙的大手掌将炕沿拍得啪啪响。

母亲默默听着,一声不吭。

"爸爸,您要责骂,就责骂我们吧!不过我们没乱花一分钱。"哥哥不平地替母亲辩护。

我将书包捧到父亲面前,兜底儿朝炕上一倒,倒出了正反两面都写满字的作业本,几截手指般长的铅笔头。我瞪着父亲,无言地向父亲申明:我们并没乱花过一分钱。

"你们这是干什么?越大越不懂事了!"母亲严厉地训斥我们。

父亲侧过脸,低下头,不再吼什么。许久,他终于长叹了一声。那是我第一次听到父亲叹气。我心中倏然对父亲产生了一种怜悯。

第二天,父亲带领我们到商店去,给我们兄弟四个每人买了一件新衣服,也给母亲买了一件平绒上衣……

父亲第二次探家,是在三年自然灾害期间。

"错了,我是大错特错了……"——细瞧着我们几个孩子因吃野菜而浮肿不堪的青黄色的脸,父亲一迭连声说他错了。

"你说你什么事错了?"母亲小心翼翼地问。

父亲用很低沉的声音回答:"也许我十二岁那一年就不该闯关东……猜想,如今老家的日子兴许会比城市的日子好过些?就是吃野菜,老家能吃的野菜也多啊……"

父亲要回老家看看。果然老家的日子比城市的日子好过些,他就决定带领母亲和我们五个孩子回老家,不再当建筑工人,重当农民。

父亲这一念头令我们感到兴奋,给我们带来希望。我们并不迷恋城市。当时,野菜也好,树叶也好,哪里有无毒的东西能塞满我们的胃,哪里就是我们的福地。父亲的话引发了我们对从未回去过的老家的向往。

母亲对父亲的话很不以为然,但父亲一念既生,便会专执此念,任何人也难以使他放弃。

父亲要带一个儿子回山东老家。

在我们——他的四个儿子之间,展开了一次小小的纷争。最后,父亲庄严地对我说:"老二,爸带你一块儿回山东!"

老家之行,印象是凄凉的。对我,是一次大希望的大破灭;对父亲,是一次心理上和感情上的打击。老家,本没亲人了,但毕竟是父亲的故乡。故乡人,极羡慕父亲这个挣现钱的工人阶级;故乡的孩子,极羡慕我这个城市的孩子,羡慕我穿在脚上的那双崭新的胶鞋。故乡的野菜,还塞不饱故乡人的胃。我和父亲路途上没吃完的两掺面馒头,在故乡人眼中,是上等的点心。父亲和我,被故乡一种饥饿的氛围所促使,竟忘乎所以地扮演起"衣锦还乡"的角色来。父亲攒下的三百多元钱,除了路费,东家给五元,西家给十元,以"见面礼"的方式,差不多全救济了故乡人。我和父亲带了一小包花生米和几斤地瓜干离开了故乡……

到家后,父亲开口对母亲说的第一句话是:"孩子他妈,我把钱抖搂光了!你别生气,我再攒……"

这是我第一次听到父亲用内疚的语调对母亲说话。

母亲淡淡一笑:"我生啥气呀!你离开老家后,从没回去过,也该回去看看嘛!"仿佛她对那花光了的三百多元钱毫不在乎。但我看见,母亲背转身时,眼泪却从眼角溢出,滴落在衣襟上。

那一夜,父亲翻身不止,长叹接短叹。

两天后,父亲提前回大西北去了。假期内的劳动日是发双份工资的……

二

父亲始终恪守自己给自己规定的三年探一次家的铁律,直至退休。父亲是很能攒钱的。母亲是很能借债的。我们家的生活,恰恰特别需要这样一位父亲,也特别需要这样一位母亲。

我记忆的底片上,父亲越来越成为一个模糊的虚影,三年显像一次。在我的情感世界中,父亲越来越成为一个我想要报答而无力报答的恩人。

报答这种心理,在父子关系中,其实不啻于溶淡骨血深情的稀释剂。它将最自然的人性,最天经地义的伦理,扭曲为一种最荒唐的债务。而穷困之所以该诅咒,不只因为它造成物质方面的债务,更因为它造成精神上和情感上的债务。

父亲第三次探家,正是哥哥考大学那一年。父亲对哥哥想考大学这一欲望,以说一不二的威严加以反对,"我供不起你上大学!"父亲的话,没有丝毫商量余地。

好心的邻居给哥哥找了一个挣小钱的临时活——在菜市场卖菜。卖十斤菜可挣五分钱。哥哥每天偷偷揣上一册课本，早出晚归，回家后交给父亲五角钱。那五角钱，是母亲每天偷偷塞给哥哥的。哥哥实则是到公园里或松花江边去温习功课了。骗局终于败露，父亲对这种"阴谋诡计"大发雷霆，用水杯砸碎了镜子。

父亲气得当天就决定回大西北。我和哥哥将父亲送到火车站。

列车开动前，父亲从车窗口探出身，对哥哥说："老大，听爸的话，别考大学！咱们全家七口，只我一个人挣钱，我已经五十出头了，身板一天不如一天了，你应该为我分担一点家庭担子了啊……"父亲的语调中，流露出无限的苦衷和哀哀的恳求。

列车开动了，父亲流泪了。一滴泪水挂在父亲又黑又硬的胡茬儿上。我心里非常难过，却说不清究竟是为父亲难过，还是为哥哥难过。我知道，哥哥已背着父亲参加了高考。母亲又一次欺骗了父亲，哥哥又一次欺骗了父亲。

几天后，哥哥接到了大学录取通知书。母亲欣慰地笑了，哥哥却哭了……

我又送走了哥哥。

哥哥没让我送进站。他说："省下买站台票的五分钱吧。"

在检票口，哥哥又对我说："二弟，家中今后全靠你了！先别告诉爸爸，我上了大学……"

我站在检票口外，呆呆地望着哥哥随人流走入火车站，左手拎着行李卷，右手拎着网兜，一步三回头。

我缓慢地走在回家的路上，手中紧紧攥着买站台票省下的那五分硬币。

我无法对父亲长久隐瞒哥哥已上了大学这件事，在一封信中向父亲透露出了实情。

结果，哥哥在第一个假期被学校送回来了。他再也没能返校，他进了精神病院——一个精神世界的自由王国——一个心理弱者的终生归宿。

我从哥哥的日记本中翻出了父亲写给哥哥的一封信。一封错字、白字占半数以上的信，一封并不彻底的扫盲文化程度的信……

父亲第四次探家前，我到北大荒去了。以后的七年内，我再没见过父亲。我不能按照自己的愿望和父亲同时探家。

在我下乡的第七年，连队推荐我上大学。那已是第二次推荐我上大学了。我并不怎么后悔放弃了第一次上大学的机会。哥哥上大学所落到的结果，远比父亲对我的人生教导在我心理上造成更为深刻的不良影响。然而第二次被推荐，我却极想上大学了。第二次即最后一次。我不会再获得第三次被推荐的机会。那一年我二十五岁了。

我明白，录取通知书没交给我之前，我能否迈入大学校门，还是一个问号。连干部同意不同意，至关重要。我曾当众顶撞过连长和指导员，我知道他们对我耿耿于怀，我因此而忧虑重重，几经彻夜失眠。我给父亲写了一封信，告知父亲我已被推荐上大学，但最后结果尚在难料之中，请求父亲汇给我二百元钱。还告知父亲，这是我最后一次上大学的机会。信一投进邮筒，我便追悔莫及。我猜测父亲要么干脆不给我回音，要么会写封信来狠狠骂我一通，肯定比骂哥哥那封信更无情。按照父亲做人的原则，即使他的儿子有当皇上的可能，他也是决不能容忍他的儿子为此用钱去贿赂人心的。

没想到父亲很快就汇来了钱，二百元整。电汇。汇单的附言条上，歪歪扭扭地写着几个错别字："不勾，久来电。"

当天我就把钱取回来了。晚上，下着小雨。我将二百元钱分装在两个衣兜里，一边一百元，双手都插在衣兜，紧紧攥着这两叠钱。我先来到指导员家，在门外徘徊许久，没进去。后来到连长家，鼓了几次勇气，推开门进去了，支支吾吾地说了几句不着边际的话，立刻告辞。双手始终没从衣兜里掏出来，将两叠钱攥湿了。

我缓缓地在雨中走着。那时刻有一个声音在我耳边说："老梁师傅真不容易呀，一个人要养活你们这么一大家子！他节俭得很呢，一块臭豆腐吃三顿，连盘炒菜都舍不得买……"

这是父亲的一位工友到我家对母亲说过的话。那时我还幼小。长大后忘了许多事，但这些话却忘不掉。

我觉得衣兜里的两叠钱沉甸甸的，沉得像两大块铅。我觉得我心灵那么肮脏，我的人格那么卑下，我的动机那么可耻。我恨不得将我这颗肮脏的心从胸腔内呕吐出来，践踏个稀巴烂，践踏到泥土中。我走出连队很远，躲进两堆木楞之间的空隙，痛痛快快地大哭了一场。我哭自己，也哭父亲。父亲他为什么不写封信骂我一通啊？！

第二天抬大木时，我坚持由三杠换到了二杠——负荷最沉重的位置。当一吨多重的巨大圆木在八个人的号子声中被抬离地面，当抬杠深深压进我肩头的肌肉时，我心中暗暗呼应的却是另一种号子——爸爸，我不，不！……

那一年我还是上了大学。连长和指导员并未从中作梗，而且还把我送到了长途汽车站。和他们告别时，我情不自禁地对他们说了一句："真对不起……"他们默默对望了一眼，不知我说这句话是什么意思。

三

　　三年大学，我一次也没有探过家，为了省下从上海到哈尔滨的半票车票，也为了父亲每个月少吃一块臭豆腐，多吃一盘炒菜。

　　毕业后，参加工作一年，我才探家。算起来，我已十年没有见过父亲了。父亲提前退休了。他从脚手架上摔下来过一次，受了伤，也年老了，干不动重体力活了。

　　三弟返城了。我回到家里时，见三弟躺在炕上，一条腿绑着夹板，待在半空。小妹告诉我，三弟预备结婚了，新房是傍着我们家老屋山墙盖起的一间"偏厦子"。我们家的老屋很低矮，那"偏厦子"不比别人家的煤棚高多少。

　　我进入"新房"看了看，出来后问三弟："怎么盖得这么凑凑合合的？"

　　三弟的头在枕上侧向一旁，半天才说："没钱，能盖起这么一间就不错了。"

　　我又问："你的腿怎么搞的？"

　　三弟不说话了。

　　小妹从旁替他说："铺油毡时，房顶木板太朽了，踩塌掉进屋里……"

　　我望着三弟，心里挺难过。我能读完三年大学，全靠三弟每月从北大荒寄给我十元钱。吃过晚饭后，我对父亲说："爸爸，我想和你谈件事。"

　　父亲看了我一眼，默默地等待我说。父亲看我时的目光，令我感到有些陌生。是因为我们父子分别了整整十年吗？是因为我成了一个大学毕业生吗？我不得而知。他看我那一眼，像一匹老马看自己带大的一头鹿。

　　我向父亲伸出了一只手："爸爸，把你这些年攒的钱都拿出来，给三弟盖房子用吧！"

　　父亲又用那种有些陌生的目光看了我一眼，低下头，沉默半晌，才低声说："我……不是已经给了吗？……"

　　我说："爸爸，你只给了三弟二百五十元钱呀，那点钱能够盖房子用吗？"

　　"我……再没钱……"父亲的声音更低。

　　我大声说："不对！爸爸，你有！我知道你有！你有三千多元钱！……"

　　父亲腾地从炕沿上站了起来，脸色涨得紫红，怒吼道："你！……你简直胡说！我什么时候攒下三千元？！……"

　　躺在炕上的三弟插嘴说："二哥，你何必为我逼爸爸呢！爸爸一辈子都想攒钱，如今总算攒下了，能舍得拿出来为我盖房子？"口吻中流露出一个儿子内心对父亲的极大不满。

　　我生气了，提高嗓音说："爸爸，你这样做不对！三弟能在那样一间煤棚似的破屋里结婚吗？那里出生的,将是你的孙子,或是你的孙女！你会在子孙后代面前感到羞愧的！……"

"住嘴！……"父亲举起了一个拳头。拳头没落到我身上,在空中僵了片刻,沉重地垂下了。

母亲、四弟和小妹赶紧从里间屋出来,把我往里间屋拉。

"你！……十年没见我,一见我就教训我吗？好一个儿子啊！你就是这样给你弟弟妹妹们做榜样的吗？你可算念成大学了！你给我滚……"父亲脸腮抽搐着,眼中喷射出怒火。他用手朝我一指,又吼出一个"滚"字,再说不出别的话来。

我一下挣脱了母亲和四弟拉我的手,大声说:"爸爸,我永远不再回这个家……"说完,冲出了家门。

我一口气走到火车站,买了一张三个小时后开往北京的火车票,坐在候车室的长凳上,一支接一支吸烟。

不知过了多久,听到有人轻轻叫我,我抬起头,见母亲和四弟站在面前。

四弟说:"二哥,回家吧！"

母亲也说:"回家吧,妈求你！"

"不……"我坚决地摇摇头。

母亲又说:"你怎么能那样子跟你父亲争吵呢？他确实没攒下那么多钱呀！他攒下的一点钱,差不多全给你三弟了……下个月初就要给你哥哥交住院费……"

我打断母亲的话,说:"妈妈,您别替我父亲辩护了！我在大学时,您亲自写信告诉过我,我父亲已积攒下了三千元钱。他怎么能对他的儿子那么吝啬？"

母亲怔了一下,说:"傻孩子,是妈不好,妈那是骗你的呀！为了让你在大学里安心读书,不挂虑家中的生活……"

听了母亲的话,我呆呆地望着母亲那张憔悴的脸,发愣许久,说不出话来。

"听妈的话,回家吧！回家跟你爸认个错……"母亲上前扯我。

我,低下头哭了……

我跟着母亲和四弟回到了家里。我向父亲认了错。父亲当时没有任何原谅我的表示。

小妹那时已中学毕业,在家待业两年了,一直没有分配工作。母亲低眉下眼去找过街道主任几次,街道主任终于给了个活话,说:"下一次来指标,我给使把劲,试试看吧。"

母亲将这话学给父亲,对父亲说:"为了孩子,这人情,管多管少,无论如何也得送啊！"

父亲拉开抽屉,取出一个牛皮纸钱包,递给母亲,头也不抬地说:"我这个月的退休金,刚交了老大的住院费,剩下的,都在里边了……"

纸钱包里,大票只有两张拾元的了。母亲犹豫了一阵,将其中一张交给妹妹。妹妹就用那拾元钱买了点不成体统的东西,当天拎着去街道主任家"表示表示"。怎么拎去的,又怎么拎回来了。

母亲诧异地问:"怎么拎回来了?嫌少?"

"人家说,多年住在一条街上,收了,就显得不好了。"小妹沮丧地说,"人家说,要是咱们非愿意'表示表示',她家买了一吨好煤,咱们帮忙给拉回来……"说罢,怯怯地瞟了父亲一眼。

父亲始终没抬头,听罢小妹的话,头更低下去了。过了一会儿,父亲才开口说:"我和你四哥……一块儿去给拉回来……"

四弟刚巧从外面回来,问明白后,为难地对父亲说:"爸,我们厂的团员明天要组织一次活动,我是团支部书记,不能不去呀!"

小妹急了:"什么破团支部书记,你当得那么上瘾?明天不给拉回来,人家的煤票就过期了……"

这一切话,我都在里屋听到了。我跨出里屋,对小妹说:"明天我和爸去拉。"

父亲突然莫名其妙地火了:"谁都用不着你们!我明天一个人去拉!我还没老得不中用,我还有力气!"

头天晚上就下起了大雨。第二天,雨下得更大了。我和父亲借了辆手推车,冒雨去拉煤。路很远。煤票是在一个铁道线附近的大煤厂开的,距我们住的街区,有三十来里。一吨煤,分三趟拉。拉第三趟时,天黑了,经过铁道线时,手推车的一个车轮卡在铁轨岔角里,无论我和父亲使出多大的力气,都纹丝不动。我和父亲一个推,一个拉,弄得浑身是泥,双手处处是伤。暴雨中,我只听见父亲像牛一样呼哧呼哧的喘息声。

我抹了一把脸上的雨水,对父亲大声喊:"爸爸,你在这儿看着,我去道班房找个人来帮帮忙!"

"你的力气都哪儿去了?"父亲一下子推开我,弯下腰,用他那肌肉萎缩了的肩膀去扛车。

远近传来了火车的吼声。一列火车开过来了。在闪电亮起的瞬间,我看见一块松弛的皮肤,被暴雨无情地鞭打着。那是一个老年人丧失了力气的脊梁。

车头的灯光射了过来,父亲仍在徒劳无益地运用着微不足道的力气。

我拔腿飞快地朝着道班房跑去。

道班工人发出了紧急停车信号。

列车停住了。道班工人和我一块儿跑到煤车前。

父亲还在用肩膀扛煤车。他仿佛根本没有发现有火车开过来。

"你他妈的玩儿命啊!"道班工人恶狠狠地骂了一句。

火车车头的光束正照着煤车。父亲的肩膀,终于离开了煤车。他缓缓抬起了头,我看清了他那张绝望的、皱纹纵横的脸。雨水,从他的老脸上往下淌着。

我知道,从父亲脸上淌下来的,绝不仅仅是雨水。父亲那瞪大的眼神空洞的眼睛,那抽搐的脸腮,那哆嗦的双唇,都说明了这一点……

四

今年四月的一天,我收到一封电报。电文:"父即日乘18次去京,接站。"

我又几年没探亲了。我与父亲又几年没见面了。我已经三十五岁了,可以说是一个中年人了。电报使我心中涌起了一个中年人对自己老父亲的那种情感。人的回忆,是可以随着年龄的增长而改变"焦距"的,好像照片随着时间改变颜色一样。回忆往事,我心中对父亲的谴责少了,对自己的谴责反而多了。我作为一个儿子,毕竟没有给过父亲多少爱啊!

电报没能在头一天交到我手里,却从门底缝塞进了我的办公室。我头一天熬夜,第二天上班很迟。看看手表,离列车到站时间,仅差一小时十五分。我手中拿着电报,心里倏忽产生了一个念头——租一辆小汽车去接站。这念头产生得很随便,就像陕西人想吃一顿羊肉泡馍。父亲生平连一次小汽车也没坐过,我要给予父亲"生平第一次"。我给几处出租汽车站打电话,终于要到了一辆车,但半小时以后才到。一路红灯,驶驶停停。到了火车站,早已过时。

我打开车门就往下跳,司机一把揪住我:"车费!"我一摸衣兜,钱包没带! 只好向司机赔笑脸,告诉他我是来接人的,接到了再给他车费。说了不少好话,最后将工作证押给他,他才算松开了手。

站内站外,都没寻找到父亲。

我沮丧地回到出租汽车跟前,央求司机再送我回家,来去车费一块儿付。

司机哼了一声,将车开走了。我见方向不对,赔着笑脸问:"你要把我拉哪儿去呀?"

司机冷冰冰地回答:"出租汽车总站。我饿了,该吃午饭了。你在总站再要一辆车吧!"

我自认理亏,不便再说什么。

在出租汽车总站,又等了一个多小时,才终于坐进了另一辆小汽车里。回来倒是一路飞快,算账时,可把我吓了一大跳——二十三元!

一进家门,见父亲已在家中了。

我埋怨道:"爸爸,你怎么不在火车站多等一会儿啊!让我白接了你一趟!"

父亲说:"等了一会儿,没见着你,我心想你不会来接了……"

"拍了电报,我能不去接吗?真是的!"我说,"爸,先给我二十三元钱!"

刚见面,伸手要钱,父亲奇怪、疑惑地瞧着我。我只好解释:"爸爸,我是租了一辆小汽车去接你的,司机在下边等着呢!我的钱包放在办公室了。"

仿佛为了证实我的话,司机按了几声喇叭。

父亲当时那种表情,就好像说我是租了一艘宇宙飞船去接他似的。他缓缓解开衣扣,拆开缝在衣里儿的一块布,用手指捻出三张拾元的钱钞,默默递给了我。我从父亲的目光中看出了他心里想说的一句话:"你摆的什么谱啊!"

"爸爸,这钱我会还你的……"我接过钱,匆匆奔下楼去。

当我回到屋里,见父亲脸色变得很阴沉,也不瞧我,低头吸烟。我省悟到,我刚才说了一句十分愚蠢的话……

父亲,不再是从前那个身强力壮的父亲了,他老了。他是完完全全地老了。他那很黑的硬发已经快脱落光了,没脱落的也白了。胡子银灰间黄,飘飘逸逸,留过第二颗衣扣。这一大把胡子,给他增添了些许老人的威仪。而他那一脸饱经风霜的皱纹里,却分明凝聚着某种不遂的夙愿的残影……

父亲到来的第一天,打量着我们家在走廊占据的"领地",不无感触地说:"老二,你有福气啊!你才参加工作几年啊,就分到房子了。走廊这么宽,还能当厨房……你……比我强……"

这话从父亲口中说出,以那么一种淡泊的自卑的语调说出,使我心中有些难过。父亲当了一辈子建筑工人,盖了一辈子楼房,却羡慕我这筒子楼里的十三平方米……他是被尊称为主人翁的人啊……

编辑部暂借给我一间办公室。每天晚上,我和父亲住在办公室,妻和孩子住在家中。我虽没有让父亲生平第一次坐上小汽车,父亲却沾了我的光,生平第一次住上了楼房。

父亲每天替我们接孩子、送孩子、拖地板、打开水、买菜、做饭乃至洗衣服、拆被子、换煤气。一切的家务,父亲都尽量承担了。

我不希望我的老父亲沦落为我的老勤杂员。我对父亲说:"爸爸,你别样样事都抢着做。你来后,我们都变懒了!"

父亲阴郁地回答:"我多做点,倒累不着。只要能在你们这儿长住下去,我就很知足了……你妹妹结婚后,家中实在住不开了,我万不得已,才来搅扰你们……"

父亲的性格也变了。变成一个通情达理的、事事处处家里家外都很善于忍让的、毫无脾气的老头了。

除了家务,父亲还经常打扫公共楼道、楼梯、厕所、水池。他不久便获得了全楼人的称赞和敬意。父亲初来乍到时，人们每每这么问我："那个大胡子老头就是你父亲吗？"以后我听到的问话往往是："你就是那个大胡子老头的儿子呀？"在我意识中，父亲是依附于我的人格而存在的；在不少人心目中，我则开始依附于父亲的人格而存在了。一些从不到我家中走动的工人，也开始出现在我家了，使我同他们也变得贴近了。

我惊奇地发现，不是家属洗澡的日子，父亲也可以公然到厂内浴室洗澡；没票，父亲也可以从容不迫地进入厂内礼堂看电影；忘带食堂饭菜票，父亲也可以从食堂里先端回饭菜来。而人们还都对他很客气，很友好。这些"优待"，我是没受到过的。

父亲身上最大的变化，是对知识分子表现出了由衷的尊敬。以前，他将各类知识分子统称为"耍笔杆子"的。靠"耍笔杆子"，而不是靠力气吃"轻巧饭"的人，是他所瞧不起的。可这次住到我身边后，面对来找我的"耍笔杆子"的，他却总是臂微垂，腰微弯，很不自然地做他所不习惯的鞠躬状，脸上呈现出似乎不敢舒展的恭而敬之的笑容，替我给客人沏茶，点烟。当我和客人侃侃而谈时，父亲总是默默地坐在角落，一会儿注意地瞧着我，一会儿注意地瞧着客人，侧耳聆听。我和客人谈到该吃饭时，他便会起身悄然做饭。做完后进屋，低声问我："饭做好了，你们现在要吃吗？还是再过一会儿？"饭后，照例抢着刷洗碗筷。

一次，送走客人后，我对父亲说："爸爸，你不必对客人过分恭敬，过分周到。他们大多数是我的同事、朋友，用不着太客气。"

"我……过分了吗？"父亲讷讷地问，仿佛我的话对他是一种指责……

几天后，我收到了友人的一封信，信中写道："昨天我到你家找你，你不在，我和你的老父亲交谈了两个多小时。他真是一位好父亲，好老人。但我感到，他太寂寞了。他对我说，连和你交谈几句话的机会都没有。你真那么忙吗……"

这封信使我无比惭愧，无比自责。是的，父亲来后，我几乎没同父亲交谈过。即使一次不太长久的、半小时以上的、父与子之间的随随便便的交谈也没有过。父亲简直就像我雇的一个老仆役，勤勤恳恳，一声不吭……

第二天晚饭后，我没到办公室去抄那篇急待发出的稿子；见妻抱着孩子到邻居家玩去了，我坐到了父亲面前。

我低声说："爸爸，跟我聊几句家常话吧！"

父亲定定地看了我片刻，用一种单刀直入的语调问："老二，你为什么不争取入党啊？"

我怔住了。我预先猜想三天三夜，也料不到父亲会向我提出这样的问题。难道这就是父亲最想同我交谈的话题吗？

我低头沉默了一会儿，抬起头又说："爸爸，聊几句家常吧！"

"你们兄妹五个,你哥呢,就不提他了……比起来,顶数你有了点儿出息,可你究竟为什么不争取入党啊?"父亲的目光仍定定地看着我,揪住这个话题不放。

我怎么回答呢?我想了想,说:"爸爸,你怎么会把入不入党看得那么重呢?你希望我能入党,当官,掌权,而后就可以……"

父亲听出来了,我的话对他的愿望显然不无轻蔑。父亲缓缓站起,一只手撑着椅背,像注视一个冒充他儿子的人似的,眯起眼睛,盱盱地瞪着我。他突然推开椅子,转身朝外就走。椅子倒在地上,发出很响的声音。

他在门口站住,回过头,瞪着我,大声说:"你再说什么做官不做官的话,我就揍你!"说罢,一步跨出了房间。

在那一时刻,站在我面前的,又是从前那威严而易怒的父亲了。

我怀着复杂的心情离开家,来到了办公室。我坐在办公桌前,双手捧着脸腮,陷入沉思。

我理解父亲对共产党的感情。他六岁给地主放牛,十二岁闯关东,亲眼看到过国民党怎样残害老百姓。他被日本人抓过劳工。要不是押劳工的火车被抗联伏击,很难想象他今天还活着,也不知这个世界上还会不会有我这位"青年作家"……

但写一份入党申请书,毕竟要比创作一篇小说难得多。在我心灵中,还有许多腌臜得没勇气告人的欲念,还时时受到个人名利的诱惑,还潜藏着对享乐的希冀,还包裹着对虚荣的向往,还……我不,我不能够怀着一颗极不干净的心在一张雪白的纸上写下:我要求加入……

人可以欺骗别人,但无法欺骗自己。

我在心中说:"爸爸,原谅我!我不,现在还不……"

这时,办公室的门被突然推开了。

父亲来了。他连看也不看我,径直走到他睡的那张临时支起的钢丝床前,重重地坐了下去。钢丝床发出一阵吱吱嘎嘎的声响。

我转过身去瞧着父亲。

他又猛地站了起来,用手指着我,愤愤地大声说:"你可以瞧不起我,你的父亲!但我不允许你瞧不起共产党!如果你已经不信服这个党了,那么你从此以后也别叫我父亲!这个党是我的救星!如果我现在还身强力壮,我愿意为它卖力一直到死!你以为你小子受了点苦就有资格对共产党不满啦?你受的那点苦跟我在旧社会受的苦一比算个屁!"

我想对父亲解释几句什么,却一句适当的话也寻找不到。我一言不发地望着父亲,我觉得委屈极了,直想哭。

…………

五

父亲对我教训了这一次之后,接连几天不理我,不跟我说一句话。

一天傍晚,有一个外地的陌生姑娘来到我家中。她自称是一位文学青年,读过我的几篇作品,希望能同我谈谈。

我带她来到了办公室。

她很漂亮,身材很美,又高,又窈窕。一张白净的鹅蛋形的脸,容貌端庄娴雅,眼睛挺大,闪耀着充满想象的光彩。剪得整齐的乌黑的短发,衬托着她那张动人的脸,像荷叶衬托着荷花。她穿一件五彩缤纷的花外衣,只有三颗扣子,好像是骨质的,月牙形,非常别致;半敞的衣襟露出里面深红色的毛衣。她端坐在沙发上,修长的双臂微向前探,双手习惯地揽住两膝,从头到脚焕发着浪漫气质。

我沏了一杯茶端给她。她接过去,看了一眼,欠身轻轻放在桌上,说:"我不喝绿茶。我从小就是喝花茶的。"

我说:"请便。"将椅子搬到她斜对面,瞧着她问:"你想和我谈些什么呢?"

她妩媚地一笑:"当然是谈文学啦……不过,也希望不仅仅限于文学。"

我说,"那么就请谈吧!不过,我也许会令你失望,我不是个理想的交谈者。"

儿子有些发高烧。走出家门时,妻正在给儿子灌药,而父亲在给我洗衣服。我尽量排除思路上的干扰,集中精神。我想她一定会首先向我提出什么问题。但她没有。她用悦耳的音调向我讲述起她自己来。

她说她离开家已经一个多月了。从南到北,旅游了不少大城市,拜访过了许多颇有名气的青年作家。接着,便依次向我说出他们的名字,有人是我认识的,有人是我没见过面的。还说她崇拜某某人及其作品,难以忍受某某人及其作品,欣赏某某人的作品但不喜欢作者本人。她很坦率。

"你此行是出差吗?"我问。

"噢——不,"她摇摇头,又是那么一笑,"就是为了玩儿,散散心。"

"你的单位竟会给你这么长一段假?"

"我现在是自由公民,不受任何单位管束!"

"你是个待业青年?"

"我想干工作时便可以有工作,腻烦了就当自由公民。"

我迷惑不解地望着她。她揽住两膝的双手放开了,身体舒展地靠在沙发上,目光迅速地向我的办公室内环视一番,说:"你的办公室可以容得下五对人跳舞。"我说:"大概是可以的。可我不会跳舞。"

这回轮到她迷惑不解了,怀疑地盯着我,要看出我说的是不是真话。

我惭愧地笑笑。她的目光移开了,落在写字台上,又问:"自由市场上买的吗?"

我点点头:"是的。"

"样式太老。"

"你要说的可能是嫌俗气,但便宜。"

她的目光又盯在了我脸上。我说:"请接着谈下去吧,你刚才谈到自己的话还使我有些不明白。"

"是吗?"怀疑的神态,怀疑的口吻。接着,她轻轻叹了口气,平平淡淡地说,"报考过电影学院、音乐学院,都没考上。在外贸局工作了三个月,在旅游局工作了半年,这两个单位都没有更长久些吸引住我。在省图书馆混了一年,因为那里有书,才拴住我一年。看书也看腻烦了,于是就辞职了……回去以后,也许会到省电视台,看我那时心情好不好,乐不乐意去……"

我终于明白,她是来自另一个天地的。

"你出来这么长时间,父母放心吗?"

"他们也没什么不放心的。每座城市都有父亲当年的老战友。或者住他们家中,或者住宾馆……"

我没有什么再想问的了,只听着她说。她沉默了一会儿才又开口:"你一定无法理解我……小时候,我和姐姐,觉得世上任何好吃的东西我们都吃过了,我们就将糖和盐拌在一起,再浇点辣椒油……现在,我的心境就跟小时候似的。我觉得我对什么都腻烦了,对生活失去了热情,就好像我小时候对食物失去了味觉一样……"

我依旧望着她那张漂亮的脸,心中对她产生了一种异样的同情——也许应该叫做怜悯。

她见我在很认真地听,继续说下去:"本想离开家散散心,但结果心境反而越来越不好。每座城市都到处是人、人、人,愚昧的、没文化的、浑浑噩噩的人,许许多多的人,每天都在谈论房子问题、待业问题……"

我平静地问:"你无法忍受这样一些人吗?"

"难道你能够忍受这样一些人吗?"她坐直了身子,目光又盯在我脸上。

我没有立即回答她。我又想起了我躲在木楞堆间痛哭过一场的那个雨夜,想起了我和父亲为了妹妹早日分配工作给街道主任拉煤的那个雨夜。小雨,大雨,都是下雨的夜……为什么保留在我记忆中的都是雨夜呢?

我毕竟从我生活中的两个雨夜度过来了。我毕竟扯着父亲的破衣襟,扯着一个没有受过文化教育的、头脑中有着狭隘的农民意识的父亲的破衣襟,一步步从生活中走过来了,一岁岁长大了……

"古老的国家,古老的民族,活在这么一种氛围中,每个人都将要被窒息而死……"那姑娘悦耳的声音,使我的注意力不能从她身上过久地分散。

我要求地说:"让我们谈谈文学吧!"

"文学?……"她嘴角浮现一丝嘲讽,大声说,"中国目前不可能有文学!中国的实际问题,就在于人口众多。如果减少三分之二,一切都会变个样子!"

我冷冷地回答她:"好主意!减少的当然应该是那些愚昧的、没文化的、浑浑噩噩的、每天都在谈论房子问题和待业问题的人啰?"

我情绪的变化并没有引起她的注意。她皱起眉头,用一种忧国忧民的语调说:"就在今天,就在你们北影厂门口,我看到一个白胡子老头,抱着一个傻乎乎的孩子,在围观一辆外国小汽车,我心里真是悲哀极了!我要写一篇心理小说,将我内心这种悲哀表述出来!这就是我们的人民,我作为一个中国人真感到羞耻……"她那样子悲哀得快要哭了。

我告诉她,那白胡子老头,肯定就是我的父亲。而抱在他怀中那傻乎乎的孩子,是我的儿子。

"是你……父亲?……"她的脸微微红了,现出动人的窘态,讷讷地说,"请原谅我!我……还以为你是……"

我站了起来,我忽然变得很激动。我想对她说,她,不过是我们九百六十万平方公里土地上一小片水分充足的沃壤之中的一朵小花而已,美丽、娇弱,甚至连芬芳都没有。因为她不是树木,所以她那短细的根须是触及不到水层岩层的。她所蔑视的正是她所赖以存在的。她漠视甚至嘲讽他们的最现实的烦恼,但她那种因没有什么值得忧郁的事才产生的忧郁,那种一颗空泛的心灵内的微妙而典雅的悲哀,与他们可能经历过的悲哀相比,其实质是不值论道的。

但我想到了发烧的儿子,我什么也不想对她说了。我只说了一句:"非常抱歉,我不能再陪你交谈下去了。"便走到办公室门前,推开了门——门外站着我的父亲,呆呆地、一动不动地,像根木桩似的;一手拎着水壶,一手拿着一瓶墨水。

他是给我们送开水来的。他分明是听到了我方才大声说的某些话。

那姑娘走下楼梯时,还回过头来看了我一眼。我这样对待她,肯定是她绝没想到的。

父亲一声不响,放下水壶,默默走向他睡的那张钢丝床。

一直到熄灯,我和父亲彼此没说一句话。我静静地躺着,无法入睡。我知道父亲也在静静地躺着,没睡。

我真想翻身下床,走到父亲身边,跪下去,将头伏在他胸上,对他说:"爸爸,原谅我;原谅我,爸爸……"

隔了一天,我从朋友家很晚才回来,一进家门,妻便告诉我,父亲走了。

"走了？上哪儿去了？……"

"回哈尔滨了!"

"你……你为什么不拦他?!"

"我拦不住。"

病刚好的儿子在哭叫着："爷爷，我要爷爷！我要找爷爷嘛！……"

我问："父亲临走说了什么没有？"

妻回答："什么也没说。"

我一转身就从家中冲了出来。

我赶到火车站，匆匆买了一张站台票。

我跑到站台上时，开往哈尔滨的列车刚刚开动。我跟着列车奔跑，想大喊："爸爸！……"却没喊出来。

列车开出了站台。

远处的铁路信号灯，由红变绿了……

原载《人民文学》1984年第11期

梁晓声

(1949—)原名梁绍生，哈尔滨人，祖籍山东荣成。中国作家协会全国委员会委员。著有长篇小说《一个红卫兵的自白》《从复旦到北影》《雪城》等，中篇小说集《人间烟火》，短篇小说集《天若有情》《白桦树皮灯罩》《死神》等。短篇小说《这是一片神奇的土地》获1982年全国短篇小说奖，中篇小说《今夜有暴风雪》、短篇小说《父亲》分获1984年全国中短篇小说奖。